訳文庫

赤い橋の殺人

バルバラ

亀谷乃里訳

kobunsha
classics

光文社

Title : L'ASSASSINAT DU PONT-ROUGE
1855
Author : Charles Barbara

目次

訳者まえがき

「赤い橋《ボン=ルージュ》の殺人」は、一八五五年にシャルル・バルバラ（一八一七―一八六六）という作家が初めて発表、出版した中編小説である。一八四四年頃に想を得て、十年以上もかけて完成された。背景となる時代は一八四〇年代前半から一八四八年の二月革命をはさんで前後十数年くらい。革命の失敗によって苦い挫折を味わった若者たちの世代が登場人物である。

一八三〇年代から四〇年代のパリは都市として急速に拡大する。実証科学、自然科学の進歩により産業革命が進み、それに伴って自営の商人、工場主、手工業者が台頭する。その息子たちは両親より高い教育を受け、急速に拡大したパリでよりよい仕事と豊かな生活スタイルを期待して、地方から都市に流れ込んだ。彼らは貧しい知的エリートであり、既成の秩序、道徳、習慣などに従わず、陽気で明日を考えずにその日暮らしをする学生、芸術家となり、パリ社会の現代性を象徴する若者の集団

〈放浪芸術家〉として登場した。『赤い橋の殺人』はこのような社会現象を背景に描かれている。

この中編小説に現れる〈放浪芸術家《ボエーム》〉とは、バルバラをはじめとする、パリ、カルチエ・ラタンのカネット街を根城とした若い作家、芸術家たちのグループである。彼らは貧しく、家具もない屋根裏部屋に住み、ブラスリでビールを飲む金がないので水を飲んで文学、哲学、芸術論を戦わせていたので「水飲み《ビュヴール・ドー》」と呼ばれ、既成の秩序に縛られず自然で奔放な生活を送った。アンリ・ミュルジェールはこうした仲間たちの生活を彼の著作『放浪芸術家《ボエーム》の生活情景』のなかで、軽妙洒脱な文体でおもしろおかしく叙述した。これは劇化、上演され、その後プッチーニによって歌劇『ボエーム』が作曲されたので、今日でもよく知られている。

シャルル・バルバラがこの〈放浪芸術家《ボエーム》〉の仲間入りをしたのは一八四一年の暮れである。

『悪の華』の詩人、ボードレールはこのグループを足しげく訪れた。彼とバルバラは、アメリカ人のエドガー・アラン・ポーの影響をともに楽しんだ文学上の親友であった。写真家で気球乗りのナダールも親しい友人であり、ヘーゲルの翻訳者で哲学者のジャン・ヴァロンは胸襟を開いて話せる稀な友であった。また、ジャン・ヴァロン夫人、このグループのリーダー格の作家シャンフルリ、画家のアレクサンドル・シャンヌはバルバラをヴァイオリン奏者とする音楽の演奏仲間であった。

　バルバラは二、三の小説を除き、基本的には中短編作家であり、その科学的で幻想的な作品には音楽的情感や感動が息づいている。彼は科学性と論理性によって探偵小説の、そして科学性と幻想性によってサイエンス・フィクションの先駆としてフランス文学史に新しい一ページを開いた。

　さらには、自然科学の発達、資本主義が台頭する時代、既成の秩序、宗教、法、道徳に疑問を投げかけ、現代的混沌のなかにあって真実を模索して苦悩する魂は、後に続くドストエフスキーの数々の作品の水源になった可能性もあり、提議される問題は現代の我々につながるものである。

　この作家は不運にも、百年以上のあいだ忘れ去られ、古書店で見つけることすら難しいほどだった。しかし私がフランスで調査、分析を重ねた結果、浮かび上がってきたのは、〈放浪芸術家《ボエーム》〉の仲間たちの作品からは想像できないほど、芸術的で独創性に富んだ、我々にも通じる現代的な作家像であった。歴史的に過去から現代へと転換する文学上の注目すべきターニング・ポイントを形成した作家といえよう。バルバラの「赤い橋の殺人」と「ウィティントン少佐」からなる「選集」を合わせて収録した私の博士論文二巻が、フランス国立図書館とニース大学図書館に収められて公開されると、数年後にはフランスでは『赤い橋の殺人《ポン=ルージュ》』の復刊本が幾種類も出始め、今では中学、高校の教科書として単行本にもなり、フランス人の古典の一冊となりつつある。さらに、英語、スペイン語にも翻訳されて世界中で読まれ、新たな研究の対象としても重要な存在になっている。

だが、日本ではバルバラはいまだほとんど知られていない。出版されていないから当然である。わが国の読者にもバルバラを問うてみたいという気持ちが、私を翻訳にかりたてた。これはいうまでもなく本邦初訳である。

赤い橋《ポン＝ルージュ》の殺人

1　二人の親友

四月の陽光が溢《あふ》れる明るい部屋で、二人の青年が昼食を取りながらしずかに語りあっていた。年下の青年は一見ひよわそうではあるが、金髪に鋭い眼光、毅然《きぜん》たる性格を示す彫りの深い顔立ちをしている。もう一人は、まだ薔薇《ばら》色をおびた頬と褐色の髪をもち、何事にも決心がつかず、ささいなことにもくじける人間特有の悩ましげな眼つきをしている。こうして側《そば》にいると、二人は驚くばかりのコントラストをなしていた。金髪の青年は褐色の髪の青年にむかって「ロドルフ」と呼び、相手は青い眼の年下の青年を「マックス」――正しくはマクシミリアン・デストロワである――と呼んでいた。二人は幼年時代と中学《コレージュ》時代を通じての友人であり、文学に対するそれぞれの思いを心おきなく話しあっていた。意気消沈し、慰めを期待して友人に会いに来たロドルフは、芸術家生活の様々な見込み違いや苦渋、花咲かぬ薔薇の棘《とげ》[1]について、くどくどと不満を語っていた。

逆にマックスは、友人のこうした憂鬱《ゆううつ》を煽《あお》って楽しんでいるように見えた。

「豊かに実のなる果樹にも譬《たと》えられる、稀有《けう》な天才の作品は別として、芸術作品とは、一般に困難の中から生まれ出るもの、とりわけ、苦悩が産み落とすものなのだ。もちろん、幸福が天才を不毛にするなどというつもりはない。だが僕の確信するところでは、大多数とはいわなくとも、多くの優れた芸術家が現在あるのは、彼らに向けられた軽蔑や数々の妨害、一言でいえば、何らかの苦痛があったからだ」

ロドルフは他《ほか》の多くの人々と同様に、芸術とは欲望と虚栄心――この二つは肉体を責め苛《さいな》み、精神《こころ》を苦しみでいっぱいにするものである――を満足させるたかだか一手段に過ぎないと考えていた。だから、マックスのこの種の信条表明はロドルフにとって、文字どおり首とネクタイの間に入ったいら草であった。情けない顔をして、自分の帽子と出入口の扉を交互に眺め、サン・ギー[2]のダンスに冒されて筋肉がひきつった子供のように、身体《からだ》を揺り動かしていた。

一方、マックスの収入はといえば、今のところ、三流劇場に所属するオーケストラの第二ヴァイオリンというつましい職から得られるものだけだった。だが、貧窮は苛《いら》立《だ》ちもいささかの反抗心も起こさせなかった。それどころか、自分の中には優れた書物を生み出す芽があるのだという心地よい自信が泉のように湧き出し、そこから自分自身と未来に確信をもつ人間特有の英雄的な忍耐を汲《く》み出していた。貧困に対して極端な嫌悪も熱狂ももたず、それを自分自身に有益な過渡的悪と見なし、特に貧困を魂と能力が鈍ることに対抗する強力な刺激剤であるとする彼の考えは、友人たちからかなり顰蹙《ひんしゅく》を買っていた。

マックスは、ロドルフの身振り《パントマイム》の意味を完璧に理解していた。だが、それでも続けた。

「だから、詩人の苦悩をあってはならないことのように嘆いたり、二度と苦しむことがないように緊急に対処すべきだなどと誰かがいったりするのを聞くと、僕は苛立ちを覚えずにはいられない。『そんな考えは非常識だ。それは公然と社会を非難する種

1　「棘のない薔薇はない」という諺《ことわざ》から、世に認められずに労苦や苦痛ばかりが多いこと。

2　手足の不随意運動を主症状とする病気。おもにハンチントン病のこと。痙攣《けいれん》的に筋肉がひきつりダンスをしているように見えるので、人々が踊りを捧げた聖人、聖ヴィトゥス（サン・ギー）にちなんでフランス語ではこう呼ばれる。

になる。放置すればもっと深刻な事態を生み、人々は結局それを社会の責任にすることになる』と主張してきた人たちには申し訳ないのだが。要するに、苦悩のない人間は永久に凡庸なままだ。中間はない。選ばなければならないのだ。ぼけっと突っ立っている木偶《でく》の坊や、無為に生きる草木、ヘボ芸術家となるか、さもなくば苦悩するかを……」

どう見ても、ロドルフは友人の言葉を聴きつづけることが苦痛になってきたようだった。おそらく彼の我慢は尽き果てたのだろう。折よく人と会う大切な約束を思い出し、びっくり箱の人形さながらにぴょこんと立ち上がった。だが部屋を出るとき、階下で響くピアノの音に気づいて立ち止まり、「こんな風に和音を転がしているのは誰なんだい」と訊《き》いた。

「僕が楽しみに音楽を一緒に演奏してるご婦人だよ」マックスがすかさず答えた。

「その彼女《ひと》、きれいかい」

ロドルフが滑稽に見えるほど熱心に口籠《くちご》もりながら質問したので、マックスは驚いて友人を見やり、やがて首を傾《かし》げて、考え考えといった口調でいった。

「君は僕よりあの女性が気になるんだね、僕は彼女がきれいかどうかってこれまで気をつけて見たことがなかった。たとえば彼女が稀《まれ》に見るほど優雅で、その顔立ちを僕がとても好きだということは知ってるけど……」

ロドルフはドアに手を掛けながらもう立ち去ることなどとっくに忘れ、見知らぬマックスの女友達についてとどまるところを知らずに尋ねていた。マックスは、この女性が寡婦で、ピアノの教師をしており、母親と一緒に暮らしていること、母娘《ははこ》は毎日フレデリックという名の老人の訪問を受けていること、この老人は母娘の意を汲んで一心に尽くしているらしいということを手短に答えた。そしてさらにつけ加えて、

「僕はあの彼女《ひと》たちが金に困っているのが分かったんだ。それで、内緒でピアノの生徒を見つける努力をしてるんだ」

「その人たちはなんていう名前なんだい」

「これが彼女たちの姓だ。とにかく娘の姓だ」マックスはテーブルの上の名刺を取り上げていった。「ティヤール＝デュコルネ夫人[3]」

3　ティヤールは夫の本来の姓。デュコルネは夫人の旧姓。証券仲買人のティヤールは自らの姓の後に義父の姓をつけ加えて、ティヤール＝デュコルネを名乗っている。義父の名を名乗ることが商売上の利点をもたらしたからであろう。

「えっ！」と声を上げたロドルフは眼を丸くして、すでに開けかけていたドアから部屋の中央に戻り、一気にしゃべった。

「君が新聞を読んでないのは明白だ。でも、ともかくその後家さんの旦那の名前だけは知ってるようだね。証券仲買人だよ。ある朝、だったか夕方だったか、そんなに前のことじゃない。セーヌ河から引き揚げられたんだ。そのニュースは、かなり物議をかもしたんだ。というのも、故人の会計簿には百万フラン以上の不足が発見されたのだ。この男、金融取引街のブルスと粋《いき》なブレダ街[4]という二つの壺に股をかけた、正真正銘のサイフォンだったんだ。一方で黄金を吸い上げてもう一方に注いでたんだから……」

マックスの顔には深い驚きが浮かんでいた。

「そりゃ、驚いた！　なにか不吉な秘密があると予感はしてたけれど、そんなに恐ろしいこととは想像もできなかった」

「ちょっと待って」ロドルフがまたいった。「いくつか細かい点を思い出したよ。引き揚げられた証券仲買人は、帽子と外套を身につけ、ボストンバッグと十万フランの紙幣で膨れた札入れを携えて、旅行者の身なりをしていた。だが、彼は自分があけた穴を埋める金はもっていなかった。そんなわけで、良心の呵責に耐えられずに投身自殺をしたというのが関係者の見方だった」

マックスは、もう話を聞いてはいなかった。頭を振りながら、考え込むように小さな声でようやくいった。

「今やっとあの人たちの憂鬱が理解できたよ。貧乏であること自体は何でもないんだ。贅沢な環境で育った後《あと》に貧窮に陥ることほど大きな不幸はないんだ」

マックスの昂《たか》ぶった憐憫《れんびん》の情は感情の急坂を転がり落ちて、会話をまた先ほどの芸術論に立ち戻らせようとしていたので、ロドルフはそれに気づいて身震いした。そのうえ、いずれは深刻な病状にまで悪化するにちがいない、一風変わったチック症のために、いつも一箇所にじっとしていられず、ある場所には来るものの、すぐさまそこから出てゆく方策を考えてそわそわしている。

そういうわけで、先ほど思い出した「人と会う約束」が大変重要なのだ、などと強

4　長い間、有名な娼婦の街で、パリの粋な社会の中心的存在であった。

5　作者がロドルフのモデルとした友人（ミュルジェール）の落ち着きのなさをからかった表現。

調して、彼が皮肉っぽく呼んでいる〝マックス博士の哲学シャワー〟から今度こそ逃れ、さらには居場所を変えられるというわけで、嬉々《きき》としてそこから逃げ出した。

2 主人公の横顔

ティヤール夫人が、穏やかで品位のある物腰の下に押し隠そうとしている悲しみは何か。この悲しみの秘密を解く鍵になるかもしれない事件にすっかり心を奪われたま ま、マックスはいつもどおり定《き》まった時間にリュクサンブール公園に赴いた。彼はそこで、アンリ・ド・ヴィリエという名のもう一人の友人に出会った。その友人は、あれこれの理由から——出自にせよ知性にせよ、はたまた他の理由からかもしれないが——断固たる過去の擁護者と自らを任じていた。マックスはそんなド・ヴィリエと親交はあったが、それでも、彼のことを筋の通らない人間だとは思っていた。さしずめ、他人の好ましからぬ振る舞いを見ては、なにかにつけその人の若気の過ちを引き合いに出してきて批判するような手合と同じことである。そのうえ、彼には感情が欠如しているようで、慈悲深い性質がまるでなかった。

しかし、ド・ヴィリエは、自分が公言する信条に適《かな》った生活を送っていると自負していて、この言行一致のゆえに彼の見解と行為とはいわば誠実さという光輝を身にまとっており、マックスもその点は評価しないわけにはいかなかった。

二人はあれこれおしゃべりをしながらそぞろ歩き、オプセルヴァトワール小径《こみち》[6]を端から端まですでに幾度となく折り返していた。とそのとき、二人は散歩中の一人の男と行き合った。彼は自分の歩いてきた道をわざわざ逸《そ》れて自分の方から二人のところへやって来た。

「おや、クレマンじゃないか！」[7]マックスがこの若者の傍《そば》へ早く行こうと、いきなりド・ヴィリエの前《さき》に立って叫んだ。

われわれの神秘的な本性《ほんせい》が囁《ささや》くのだろうか。ある種の人々を見ると、ときにそれとは説明できないような、耐え難く嫌な感じに襲われることがある。そうした人々がわれわれの裡《うち》に搔《か》き立てる本能的な反感を説明するには彼らの姿かたちだけでは十分とはいえない。まるで彼らの生命からは摩訶不思議《まかふしぎ》な流体が放出され、不快を覚えずには呼吸できない大気となって彼らを包んでいるかのようである。マックスが声をあげて近づいたのは、まさにこの種の人物だった。中背ですらりとした体つきに頑丈な脚、逞《たくま》しい腕、がっしりした胸は健康と力そのものを思い起こさせたが、その印象はすぐさま、死人のような顔つきによってくつがえされた。粗く削られたような輪郭、深く刻まれたしわ、傷痕や痘痕《あばた》で荒れた顔、無感動な表情、これらはドイツの黒い森《シュヴァルツ・ヴァルト》8の村々で彫刻される樅《もみ》の木の人形を思わせた。赤味を帯びた栗色の髪、焦茶色のまばらな口髭、緑色の斑点《しみ》が点々とある土気色の肌が顔の全体的色調《トーン》を構成し、この色調のために彼の顔はけがらわしく有毒な外観を呈していた。ときどき、どんよりとした、いかがわしい不吉な視線が、鼈甲縁《べっこうぶち》の眼鏡のレンズを貫いてくる。確かに、この顔の随所に残る痘痕《あばた》のくぼみと印象の無秩序さは、なにか恐るべき過去の生活がもたらした傷痕にちがいなかった。それゆえに、広い額、はっきりとした目鼻立ち、突き出た顎《あご》——これらすべては力と叡智の印《しるし》である——をもつこのまだ若い男

6　天文台《オブセルヴァトワール》小径《こみち》。セーヌ県知事（現在のパリ市長）オスマンによるパリ大改造（一八六六年）以前の天文台通り《アヴニュ・ド・ロブセルヴァトワール》（パリ天文台に向かう通り）に出るまでの小径で、散歩道でもあった。

7　クレマン（Clément）には「慈悲深い」の意がある。

8　〈黒い森《シュヴァルツ・ヴァルト》〉の村々では木工細工、時計工業、繊維工業が盛んだった。シャルル・バルバラの父が生まれたダウスナウは〈黒い森《シュヴァルツ・ヴァルト》〉から遠くなかった。

が、どのような心的影響を受け、思考を重ね、闘争、苦悩の果てに、このようなけがらわしい堕落の姿となったのか。これを究明するならば、これ以上ひとの心を惹きつける心理学的課題はまたとはあるまい。

マックスは溢れる気持ちを抑えかねるようにこの男の手を握った。逆に、ド・ヴィリエは冷たい態度をとった。一方、相対するクレマンはといえば、このド・ヴィリエには冷ややかな挨拶をするにとどめ、マックスの友情には十分な熱意をもって応えた。久しく会わなかったことに驚き、もうパリにはいないのかと質問するマックスに対して、クレマンはぞんざいに答えた。

「いや、いるよ。住む世界が変わったんだ。それだけのことだ」

「遺産を相続したのかい」マックスは友人の新しい、仕立ての良い服に目をやってさらに尋ねた。

クレマンの顔に不安の表情が浮かんだ。

「なんでそんなこと訊くんだい。以前よりいい身なりをしてるからかい。職を得たんだよ。僕は生計の資をちゃんと稼いでるんだ……」

マックスは心からそのことを祝福した。

「ふん」クレマンは頭を振っていった。「だけど大変な重荷も背負ってるんだ。病気が治らない女房と、里子にやった子供と、返済しなけりゃならない昔からの借金と……」

「病気の奥さんと里子に出した子供っていうと」マックスは少し間をおいていった。

「君は結婚したのかい」

「うん、ロザリとだ」クレマンは答えた。

「ロザリと！」マックスは叫んだ。彼は自分の耳が信じられないようだった。

「よくあることじゃないか。驚くこともあるまい」クレマンは冷静にいった。「それに、そんなことよりもっと君の好奇心をそそることを話さなけりゃならないんだ」クレマンは不信と憎しみを含んだ眼つきでド・ヴィリエを見ながらつけ加えた。「だが、話し始めたら長くなるだろう。今日は時間がない。だから近いうちに会いに来いよ。いっしょに食事をして話そう。ロザリも君に再会すればきっと喜ぶと思うよ」

マックスは、ごくごく近いうちにきっと行くと答えた。クレマンは自分の住所を教え、数歩歩み寄ってマックスと握手をして別れた。

この後、マックスとド・ヴィリエは一言もいわずに、しばらくのあいだオプセルヴァトワール小径《こみち》を大股に歩いた。いま出会った人物について、互いに根本的に異なる考えをもっていると確信していたから、不愉快になるに決まっている議論などしたくもないようだった。

しかし不思議なことに、彼らは口に出さなくてもお互いにいいたいことが完全に理解し合えるのだった。だから、マックスが心の裡《うち》にあることを思わず口走り、クレマンに対する同情的な言葉を漏らしたとき、ド・ヴィリエの反発は間髪を入れなかった。

「結構なことだ！」ド・ヴィリエは厳しくいった。「あの卑しむべき人間をほめ讃える演説をまだしなければならないとは！」

「驚いたね！」マックスは咎《とが》める調子でいった。

「才能もなし、良心もなし！」ド・ヴィリエは続けた。「そのうえ、傲慢さと驚くべき嫉妬心《しっとしん》。信条もなく思想もなく畜生の欲望をもったあの男は、もし法が怖くなければ、凶悪犯中の凶悪犯になるだろう」

「それは違うよ」マックスは激しくいい返した。「中学《コレージュ》でつき合い始めて以来、去年と今年は別として、僕とクレマンとのつき合いはほとんど絶えたことがなかった。語るもおぞましい貧窮と闘うために、クレマンが必死で努力しつづけたことを僕は知っている。十六歳にならないうちから一人でやっていかなければならず、家族もなく、無一文の彼は、住み込みで無給の徒弟奉公が厳格に要求される職以外でやってみなかったものはひとつとしてないほどだ。新聞の帯封折りや、校正係、ジャーナリスト、物書き、通俗喜劇作家など、なんでもやった。一時は薬学を勉強しようと決意して、薬剤師のところに半年間住み込んだこともあった。そしてついには――たぶん君は知らないだろう――まだ一年半前にもならないけれど入院して、退院後は見るもひどい赤貧に陥り、文字どおりぼろを身にまとい、手をさしのべてくれる慈悲深い友達を見つけることもできなかった。そのうえ、三年前から一緒に生活しているあのロザリの生活費を賄《まかな》わなければならなかったクレマンは、証券仲買人の事務所で小使いとしての職に就いたのだ。これはクレマンとしては確実に勇気以上のものを要した。だから、はっきりいうけれど、僕は彼の堕落を糾弾して石を投げるどころか、以前より軽蔑される人間になっていないことに驚いているのだ」

「本気かい！」ド・ヴィリエはすぐさま反論した。「僕は今、彼の誠実さに訴えたいところだ。いったい君は、あの男が数々の未来を約束する幸運の芽を自ら摘んでしまったことを忘れたのか。誰よりも運と人とに恵まれていたことを忘れたのか。できるものなら、彼に尽力した数多くの人の中で、彼から離れていかなかった者を、たった一人でも挙げていただきたいものだ。しかも、多くのひとが離れていったのは、彼が放埒《ほうらつ》だからではなく、ひとに対して恥知らずな行ないをするためだったのだ。それにだましやすい相手が見つからないときを除けば、彼が自分で働いたことがなかったのは明々白々じゃないか。しかもそれだけじゃない！　利己主義、虚栄心、嫉妬、憎悪ではち切れそうで、実際にひとの役に立つことはできず、友達をもつといえば不当に利用するためでしかない。生活の仕方といえば官能と才気の絶え間ない濫用そのものでしかなく、それでも十分じゃなくて、悪事に手を染めるとき以外には徹頭徹尾、寛容さを欠き、ひとの欠点に対してはいつもきまって冷酷な批評家だった。それなのに彼の堕落を嘆き同情するならまだしも、彼の美点とでもいうべきものにうっとりとするなど、君といったら、腹立たしいにもほどがある！」

「君は情熱の大切さをろくに分かってもいないのだ」

「情熱だって！……われわれには情熱があるがために、それと闘わなければならないのだ。野獣に倣《なら》って情熱に身を委《ゆだ》ねてはいけないのだ」

「結局のところ」とマックスは言葉を継いだ。「クレマンが何をしたというのだ。ただスケールがもっと小さいだけで、われわれの世代の他の多くの若者たちだって同じことをやってるじゃないか。どれほど多くの若者たちが、クレマンの中で開花している悪徳の芽を彼ら自身の裡《うち》にも蔵していることか。そしてどれほど多くの若者が、クレマンのような力、強い個性、大胆さをもち合わせていないというだけの理由で、彼のような悪事を犯さずにすんでいることか！」

「もちろん、僕もそう思うさ」ド・ヴィリエはぶっきら棒にいった。「僕はクレマンだけを間近に見ているわけじゃない。彼は僕にとっちゃ衝撃的な現代性[9]の一つの典型なのだ。わざわざ他の例を探さなくても、彼の中には、悪徳と偏見と懐疑的態度と無

9　当時のヨーロッパでは、自然科学の飛躍的進歩とともに唯一絶対の神に対する懐疑思想（71ページ註14および「解説」の〈哲学的心理小説〉の項参照）が知的・精神的風土を席巻していた。キリスト教世界の唯一絶対の神は、社会の秩序、法、宗教、道徳など、世界のすべてを支配し、その世界に生まれ落ちる人間はこの唯一絶対の一元論的世界の中で生きることを宿命とした。この宿命に従う長い精神的歴史を経て、知的・精神的エリートである若者たちが、急進的無神論に傾倒していったのは自然なことであったろう。「神がいなければすべてが許される」という言葉はこの思潮を要約する。「現代性」とは、こうした急進的無神論とその具現化を指すものと考えられる。過去の信奉者、ド・ヴィリエにとってこの新思潮は衝撃にちがいなかった。

知と、あの放浪芸術家《ボエーム》の精神とがまぎれもなく現実に凝縮され要約されているといってもいいだろう。その放浪芸術家《ボエーム》たちの浅薄な物語は、君の友達であるロドルフの文学的野望を充《み》たしているようだが……」

3　証券仲買人の死に関して

翌日の午後、マックスは、単に音楽の演奏をする以外にも他にいくつかの気懸りに心を奪われながら、階下の知人の家を訪れた。玄関の間を通り抜けるとき小さな台所の半開きの扉から、フレデリック爺さんがかまどの炭を掻き立てているのが目に入った。母と娘はいつもどおり愛情をこめていそいそとマックスを迎えた。

マックスがロドルフとの会話で、ティヤール夫人の驚くべき美しさをかなり控え目に話したことは注目すべきである。おそらくは自分の激しい想いが友人に何か皮肉でも思いつかせはしまいかと心配したのだろう。夫人は背が高く、かといって高すぎもせず、すらりとしているばかりか、類稀《たぐいまれ》な美しい肩をもち、喪服がそれをさらに美しく見せていた。卵形の温かみのある白い顔は申し分なく端正であった。だがしかし、イギリス女性の顔にありがちな、なにか非常に冷たい印象を与える気難しげな硬い線はいささかもなく、その顔の肉付きは豊かでまろやかで調和が取れており、そこにはしわの翳《かげ》ひとつ、見つけられなかった。黒い瞳の眼差《まなざ》しには稲妻の力があった。微笑《ほほえ》むと、ほんのりと黄金色がかった歯のエナメル質が幾分厚めの唇の赤味によく映えた。夫人は自身の魅力を、たとえば褐色の髪の魅力を恥じているかのようで、その見事な豊かさを無益にも隠そうと努めていた。ふんわりとした瀟洒《しょうしゃ》なレースの下に隠された白い手や、ドレスの陰影が他人《ひと》に見せまいと懸命に守っている脚の優美な曲線の魅力をもまた、同じように彼女は恥じているようだった。そのうえ、立ち居振る舞いはすべてしなやかで優雅さに満ち、足の先から髪の毛の先まで、その容姿からはつきることのない魅力が流れ出していた。彼女を一目でも見た人は例外なく彼女を愛してしまうだろうし、楽の音《ね》のような好ましい声音を聞いて、その愛が熱愛にまで達しなかったならそれこそ奇跡だった。

もう一人の女性――絹の房にも譬えられる白い巻毛に囲まれた厳《おごそ》かな美しい顔、泉から湧き出るように善良さの溢れる眼をもつもう一人の女性がティヤール夫人の御母堂だった。マックスは、そのデュコルネ夫人についてこれ以上何ひとつつけ加えられない賛辞を、たった一言でいい表わした。それは「年齢《とし》のとり方を知っている稀に見る女性、自分の母親がすでに逝ってしまった身の上の者には、母になってくれたらと願うような女性」だ。

ティヤール夫人はピアノの前に腰をかけ、マックスはヴァイオリンを調弦した。二人は、この二つの楽器のためのベートーヴェンのソナタを一曲演奏した。マックスには厳密さにしばられない自由な奏法と力強さがあり、その演奏は当然、細部まで磨き上げられた緻密な仕上がりにはならなかった。だが彼には稀に見る長所——感じとる能力と、彼自身の一部と化したようにヴァイオリンと一体になる能力があった。アン、ダンテを演奏するときの普通とはまったくちがった奏法は、あらかじめ計算された細部へのこだわり——これはえてして演奏家を、きわどい芸当を見せる軽業師《かるわざし》の水準に落としてしまうのだが——はなかったにもかかわらず、やはりティヤール夫人に大変強い感銘を与えた。

「なんて素晴らしいのでしょう！」熱狂的に夫人は叫んだ。

マックスの心は音楽への夢想に溢れんばかりだった。

「ええ」彼は小さな声でいった。「ベートーヴェンは僕らの時代の真の詩人です。僕らの心の葛藤を予見し、僕らの悲惨を慮《おもんぱか》って作曲したと断言してもよさそうです。

穏やかで深みのあるハイドンと比べると、最初、この作曲家はたいそう騒々しく憂鬱に思われたにちがいありません。今日では、その作品は僕らに重くのしかかる様々な不幸を乗り越えさせてくれるような慰めの、尽きせぬ泉なのです。言葉以外の方法で彼の作品を賞讃できる人はなんと幸せなのでしょう！　ベートーヴェン自身こういいました、『私の音楽を十分に感じられる人は、他の人たちが逃れられずにいる悲惨から永久に解放されるだろう』と」

ティヤール夫人とマックスがソナタを弾き終えようとしているとき、フレデリック爺さんはちょうど出かけようとしていた。完全な禿頭で、ひげはいつも剃《そ》りたて、まだかくしゃくとしている痩せた小柄な老人で、その顔には自己犠牲への情熱と呼べるものが輝いていた。彼はいつも白いネクタイをつけ、小さな襟の付いた青いフロックコートとグレーのズボンを身に着けていた。この老人は立ち去るときには必ず家中のあらゆるものに目をやり、母娘《ははこ》に慎ましく暇乞いをするのだった。フレデリック爺さんに気になっている事件のことを質問したい欲求を抑え難かったマックスは彼の後を追い、まるで偶然のように老人に並んだ。

フレデリック爺さんはマックスに特に好感をもっていたので、彼の行動を明らかに喜んだ。彼は歩みを止めてポケットから柘植《つげ》でできた丸い嗅《か》ぎたばこ入れを取り出し、マックスに勧めた後で、どっさりとたばこをつまみ取り、たばこ入れの上で袖をたゆたわせ、香りを嗅いだ。[10] マックスは爺さんに秘密を話させるためにあえて回りくどい言い方をした。フレデリック爺さんは元来とても口が堅かったが、フランス全土に新聞が報じた事件の概要を語らずにおくことなど考えられなかった。悲しみに沈んだ様子をしつつも手厳しい言葉で、老人は事件の特筆すべき局面を語った。

フレデリック爺さんはずいぶん長い間デュコルネ氏に仕えていたが、そこにまだ青二才のティヤールが、とるにたらないささやかな資格で雇い入れられた。魅力的な外貌、仕事熱心、早熟な取引のセンス、とりわけ稀に見る如才なさのためにティヤールはあっという間に主人のお気に入りになった。この厚意を武器に、野心的に粉骨砕身、彼は出発点から見ればわが目を疑うほどの成功の道を歩んだのだった。五年にも満たずに事務長の地位を得た後、勤め始めて十年にもならないうちに、自分には一文の

10　嗅ぎたばこには慣習的な嗅ぎ方があった。まず、話し相手にたばこを勧め、次に自分がたばこ入れから指先でたばこをつまみ取り、鼻先にもっていく前に個性に応じてそれぞれ繊細微妙な動作をし、その後で指先でつまんだ嗅ぎたばこを鼻孔にすりつけて嗅ぐ。

貯《たくわ》えもないままデュコルネ氏の共同経営者となり、次には娘婿に、そしてついにはその後継者となった。そこまでは――これは本当だが――いささかの不正もなかった。だがティヤールは、与えられた地位と成功を利用して、いかにしてこの家族に恩を返すことになったのか？　この一家といえば、資産額の大きさを考えただけでも娘婿に対しては、持ち前のいくらかの長所だけではなくそれとはまったく別の、婿としての美質と献身を強く要求することもできたというのに。

義父は死んだ。

この死がティヤールにもたらした結果をよく観察すると、それはまるで、一人の男が長く厳しい懲役を終えて、重い鎖を解かれたかのようだった。過去の美徳のすべては、まさに途切れることなく続けられた偽善そのものだったのだ。そして今では、もっとも悪《あ》しき本能、つまり測り知れない利己主義に、成り上がり者の止めどもない虚栄心と、想定外の富の輝きが引き起こす眩惑《げんわく》とがつけ加わっていた。洞察力をすべて失うばかりにこの男に心酔していた妻と義母は、絶えず欺かれ、犠牲になりつづけた。この二人の女性は彼の乱脈を知るには最も不適当な人たちであり、けたはずれの贅沢を除けば、咎め立てすることなど微塵《みじん》もないと最後まで信じていた。ティヤールはこの二人にそれまでと同じように熱心に尽くし、同じように汲々《きゅうきゅう》として気に入られようとしているかに見せかけてはいたものの、その実、心は妻と家庭からますます遠ざかっていったのだ。彼はつまらぬ虚栄心から、寄生的金利生活をする富裕階級の社会に引き入れられた——その周囲には、船に群がる鮫《さめ》さながらに、金の匂いを嗅ぎつけたありとあらゆる企業家がたむろしていた。労せずして財産を得たり、余りにも早く財産家になった人間にありがちな、金銭に対する一種の無頓着さによって、彼はこの社会の一員になるというあわれな名誉の代償を払ったのだ。賭け、強欲な高級娼婦、羽目を外した乱費、そしてほどなく財をすり減らし、四年間のこうした放蕩《ほうとう》の末、事業の行き詰まりから断固たる根本的緊急措置を講じなければならなくなったとき、結局にっちもさっちもいかなくなって無謀な投機に身を投じ、取り返しがつかないところに自分を追い込んでしまった。そしてついに、人々からは疑念を抱《いだ》かれ、ぐらついた信用を前にして、奇跡でも起こらない限り、どうすれば破産を回避できるものか、もはや見通しを立てることさえできなかった。

「私がどんな不安の中で生活していたかはご想像にお任せします」フレデリック爺さんは続けた。彼はここで再び指を嗅ぎたばこ入れに突っ込んだ。

「デュコルネ夫人とお嬢様は、何が起ころうとも、いつもあの方たち個人の財産という頼みの綱をおもちだと考えて、私は少しばかり慰められていました。これは本当なのです。ですから、おそらくはすでに逃亡の手筈を整えつつあったティヤール氏が、夫人と義理の母親の財産を当てにし、あの方たち二人ともども身ぐるみ剝《は》ぎ取ろうと計画していることに気づいたときには、どれほど気をもんだことでしょう。おお、私はもう手がつけられない子供のように取り乱してしまいました。それでも過去三十年間の奉公のお陰で、あのお宅ではいくらかの権利が与えられていました。私は逆上してデュコルネ夫人とお嬢様に、ティヤール氏が数百万フランでは埋められないほどの底知れぬ借財を作ってしまったと本当のことを申し上げ、ご自身を哀れと思って下さいと手を合わせてお願いしたのでした。しかし、どうなったとお思いですか！　妻に熱愛され、思うがままに己を信じさせているまだ若い男、優秀で才気煥発な美青年と比べたら、たわごとをいうこの老いぼれの私に何の力があったというのでしょう！　ティヤール氏はいつもの芝居を演じ、これまで以上に妻を愛している振りをして、ついに自分を信じ込んでいる二人の女性の弱みにつけ込んで、必要ないくつかの署名を奪い取ったのです」

「何たる卑劣漢だ！」憤慨したマックスはいった。

「そうです、卑劣漢なのです。確かに」老人は頭を振り振りつけ加えた。「しかも、あなたが想像される以上にです。それに、表面的な長所が数多くあるためでしょうか、かえって心の底が悪いのです。人間、何もかもをもつというわけにはいかないものです。あの男にまるで情がないと分かったのは、なにもそのときが初めてというわけではありません。とても辛《つら》い不自由な目に耐えて彼に何ものかを教えようとしてきた、今やきわめて貧しい妻と義母の許《もと》を、あの男は去ろうとしていたのです。いやはや！あの男は自分の身内を恥じ、彼女たちを家族とも思わず、家に閉じ込めて、貧窮の中に放って置いたのです。このろくでなしは自分に善を為《な》し、自分を愛する人々を憎むことしかできないようでした。ティヤール夫人を、美と愛と献身の化身を、不誠実で、しばしば醜く、ときには年増《としま》で、その品行たるや誰もがぞっとするばかりの女たちのために見捨てたのです。このことを他にどんな風に説明できましょう。しかも、その女たちたるや、彼の物を盗み、破産させ、嘲弄《ちょうろう》していたのですから」

「しかし」突然、マックスがいった。「そんな男が、自殺するなどという勇気をどこで得たのでしょう」

フレデリック爺さんは驚いて立ち止まり、マックスを見やった。

「それこそ、私が一度ならず自問した問題なのです」腕組みをして彼はいった。そしてまた歩き出して続けた。「そのうえ札入れの中には、ティヤールが取引相手から受け取ったばかりの総額と比べると、ほんの僅《わず》かな金額しか入っていなかったのです。私が知っているあの男の性格からすると、悔恨の念に駆られたと考えるのは大そう難しいのです。隠し立てはいたしません。結局のところ、彼の自殺は私にとってずっと謎のままなのです」

マックスがすぐさま次のように叫んだとき、その顔には心配よりむしろ驚きと好奇心のほうが強く表われていた。

「信じてはいらっしゃらない！」

「ええ、ええ」老人は考え込んでは繰り返した。「けれど、私より確かな眼をもつ司法警察が、この死になんらいかがわしいものを見出《みいだ》さなかったのです」

「それに」とマックスがつけ加えた。「あの男が逃亡しようと死のうとまったく同じことですね。というのも、ティヤール夫人とその母親は、いずれにしても破産をのがれることはできなかったのですから」

「確かに」とフレデリック爺さんは別れを告げようとしながらいった。「それにしても、お分かりでしょう、あきれますね」ここで老人はいかにもすべてお見通しだといった様子をし、どっさりつまんだ嗅ぎたばこを陶然と嗅いでいった。「こうしたことをすべて考えると、天にまします神様は何をしておられるのかと疑問に思わずにはいられません！……」

4　クレマンの家庭

　クレマンはシェルシュ・ミディ通りの古い建物の四階にある住居《アパルトマン》に住んでいた。素朴で小ぎれいな家具調度は、様々な店で中古で買い揃えたために、色形の不揃いが目についた。家のなかは、悲しみをさそいそうなものはすべて注意深く避けてあった。住居は光に溢れ、天井の高い部屋には、赤、緑、青色の大きな花模様が散らされた明るい色調の壁紙とカーテンが設《しつら》えられていた。

　マックスが訪ねると、老婆《ばあや》が扉を開けて迎えた。マックスがまだ何も話さないうちに老婆《ばあや》はいった。

「ご主人はお留守です」

　しかしマックスが引き返して階段を降りかけたとき、おそらくは秘密の覗《のぞ》き窓からだろう、友人を認めたクレマンが現われて呼び戻した。

「こちらから来てくれたまえ」クレマンはいくつもの部屋を通り抜けてマックスを引っ張って行きながらいった。「こちらの部屋のほうが静かだろう。妻は病気で寝てるんだ。お乳を飲ませられないので、子供を離さなけりゃならなかった。妻はとても具合が悪いんだ。彼女にはまたいつか会ってくれたまえ」

彼らはすぐに小さな部屋に落ち着いた。そこには、揃いの装丁の本がぎっしりと並んだマホガニーの書棚、大きなキャビネット——緑色の見せかけの支柱が二本、その間には、背や表紙の縁が光沢のある金属で補強された幾冊もの帳簿が並んでいた——そして赤い皮革で被《おお》われた椅子の肘掛けは弧を描き、それに向かいあって書斎机がある。こうした調度品のために、その部屋は実業家の書斎を思わせた。

「どうせ夕食はまだだろう」クレマンは友人にいった。「一緒に夕飯を食おう」彼は力一杯呼鈴《よびりん》の紐《ひも》を引きながらつけ加えた。

老婆《ばあや》が駆けつけた。

「マルグリット」言葉に表情豊かな身振りを添えてクレマンが大声でいった。「食卓をここに準備してくれ、二人分の食器を揃えて」

次いで、驚きの色と同時に様々なことがらに心を奪われていることが、ありありと分かる表情のマックスに向かっていった。「気にしないでくれたまえ。哀れな婆さんはほとんど耳が聞こえないんだ」

「それは、彼女の様子で分かったよ」マックスが即座に応じた。「僕が驚いてるのは、君が大きな声を出すからじゃないんだ。正直にいうと、ここへ入って来てから、僕には驚くことばかりだ」

「いったい何をそんなに驚いてるんだい」クレマンが尋ねた。

「なんだって！」マックスがいった。「僕はこの十年というものずっと君を見てきたが、その日暮らしをし、二週間ごとに宿を変え、ダンスホールにとぐろを巻いて、有産階級《ブルジョワ》の生活を飽きもせずに嘲笑してきたじゃないか。それなのに、君は結婚し、一家の父親となって働き、金を貯《た》め、公証人や郡長のように立派に自分の家庭でくつろいで生活をしている。それを見て驚くなというのかい」

「そりゃあ、まさにそんな風に生活してきたからこそ、僕は今こうして暮らしているんだよ。だから、かつてと違った生活ぶりを見たからって驚いちゃいけないよ」クレマンはいかにももっともらしくいった。

「少なくとも信じてくれ」マックスは急いでつけ加えた。「僕が驚いたからって、君に対する嫌みなどでは毛頭ないんだよ。それどころか、以前とはまったく違う君を前にして、驚きの気持ちや喜びを抑えきれずに声を上げてるんだ。一昨年《おととし》の秋だったと思うが、ロザリと一緒の君に会ったサン=ルイ=アン=リル通りのあのひどいぼろ家に君がいるよりは、ここのほうがそりゃもちろんいいよ」

クレマンの神経に走った痙攣《けいれん》は、マックスの言葉が非常に辛い記憶を呼び覚ましたことの証拠だった。

「僕らの平穏な日々を憎いと思うのでなければ、あの不幸な時代のことを決して話さないでくれ」陰気な様子でクレマンがいった。「特に妻の前ではね……そして僕のためを思ってくれるなら、この新しい状況を見てうっとりするのを止《や》めてくれたまえ。ことの始まりを話せば、たぶん、今の状況が本当にささやかなものだと心から思ってくれるだろう。僕はじっと身を屈《かが》めて、恥ずべき数々のことを耐え忍んでやらなければならなかった。そればかりか、ここまで僕がたどり着くためにはどれほどの時間を費やしてきたことか！　一見しただけではそんな風には見えまい。だが、君が今見ているつまらない僕の身分は、まだとても不安定だとはいえ、少なくとも二年間というもの、日々闘ってきた結果なんだ。というのも、僕が君を見かけなかったのと、ちょうど同じくらいの年月になるのだから」

「いや！　そんなにはならない」マックスがいった。

「しかし、僕の帳簿が証拠だよ」クレマンは反論した。

「帳簿もつけてるのかい」

「無論だ」クレマンは即座に応じた。彼の顔は喜びに輝いた。「それに日記もね！　僕がそれを思いついたときから、一サンチーム単位の正確さで収入と支出の内訳を説明できるだけじゃなく、毎日、毎時、毎分の報告ができる。見せるよ」

実際、クレマンは立ち上がってキャビネットのところへ行った。

「それには及ばないよ」マックスがいった。「君が前より幸せだと知るだけで十分だよ」

クレマンは固執した。

「いや、いや」彼はキャビネットの帳簿の中から一冊を取り出し、机の上に置きながら繰り返した。「君はここから何らかの情報を取り出せるだろう。それに僕について難癖をつけるような人に対して、君は説明できる材料をもっていたほうがいい」

「他人《ひと》が君にどんな難癖をつけようっていうんだ」

「ふん、色々さ」クレマンは曖昧《あいまい》にいった。「僕には敵が大勢いるんだ！　まるで警察関係者[11]のようにね、たとえば……」

会計簿はよく読めないとはっきりいっても、クレマンが帳簿を目の前に突きつけてくるので、マックスは注意深く見ざるを得なかった……。

「君は思い違いをしてる」彼はマックスにいった。「数字って、文字が黒いほどには悪魔的じゃないよ。子供の理解を超えるものは何一つない。こちらが収入の欄、次に支出の欄だ。こちらの欄の詳細は勘弁してやるよ。それは僕のためのものなんだ。だけど収入にざっと目を通すことはできるだろ？　リストはそれほど長くはないし、すぐに見終わるよ……。

最初の三ヶ月は、定職から入る金以外に支払いを受けなかった。見ろよ。一月、百フラン。二月、同上。三月、同上。計……三百フラン。

次の三ヶ月は、加えて一ヶ月につき二十五フラン。計……三百七十五フラン。

11　当時のフランスの警察官は、元犯罪者が多かった。確かな物的証拠ではなく、監獄で得た情報や繋《つな》がりによってもっぱら聴き取り調査のみに頼る無能な者も少なくなかった。そのため国家権力の僕《しもべ》であった彼らは、人々から嫌われ猜疑《さいぎ》の目で見られていた。

僕はまっとうなオーダーメイドの靴業者に頼まれて『楽に質素に靴をはく技法』という小冊子《パンフレット》を書いたんだ、それは五百フランになった。計……五百フラン。

この小冊子は僕の知る限りでは出版されなかった。たぶん、これからも出ないだろう。そんなことはどうだっていい。それに本には僕の名前を出さないよう取り決めてあるんだ。

三期は、これまでより働いたというわけではないが、一ヶ月、百二十五フランじゃなくて、百五十フラン支給された。ところで、もし僕が間違ってなければ、それは一年間続いている。つまり全部で千八百フランになる。計……千八百フラン。

その間にいろんな仕事をしたんだ。なかでも、宗教関係の本屋のために『信仰の小冊子』数巻、『童話集』、『聖者伝』を書いたんだ。本当に、どれも皆相当いい収入だったんだよ。計……九百フラン。

さらに自費で『信心家年鑑』を出版したんだ。これは手取り二百フランの収入になった。計……二百フラン。

つけ加えるならば、君も知る僕のきれいな筆跡に魅せられたZ…公爵が、一頁《ページ》一フランの割合で、百五十頁の手筆原稿を写す仕事をくれたんだ。それはちょうど百五十フランになった。計……百五十フラン。

最後に、つい最近、内務省から、つまり一般救済事務局から——というのは僕はこういう施しものを断るほど気位が高くないんだ——百フラン受け取った。計……百フラン」

「要するに、ご覧のとおり」とクレマンは得々として帳簿の頁をひらひらさせて続けた。「僕はものすごく働いて金をたくさん稼いだんだ。だが不幸にも、僕らが必要とするシーツ、下着類、衣類、家具、食器、その他いろいろなもののことを考えると、そんな金はあってもなきがごときだった。さらにロザリが妊娠したので必然的に出費がかさんだ。お産のとき家に一文もなかったことを思い出すとぞっとする。そしてこの危機を乗り越える力と方策をどこで見つけ出したのか、今でも不思議に思うのだ。とにかくどうあっても、また新たな借金をしなければならなかったし、またぞろ未来を当てにする他はなかった。幸いそれは一時的な不自由でしかない。終わりはすぐ目の前に見えている。お察しのとおり、僕は起業をする決意をしたんだ。すでに進行中の素晴らしい事業がいくつもある。驚いたかい？　僕は物質的に満たされているのが好きになった。尊敬されることに夢中になった。けれども永久にそのどちらも十分には手に入れられないように思われる。少しずつではあるが昔からの借金を全部清算し、ゆとりのある生活をし、世間がいう申し分のない誠実な紳士になりたいと強く望んでいる。それはしごく簡単だ。まず手始めに、もっと良い住居《アパルトマン》に、そしてもっと殺風景でない界隈《かいわい》に住む僕を近々君に見てもらえるだろう。きれいな家具を揃え、ピアノを買って、死ぬほど退屈しているあの哀れなロザリに音楽を習わせたいんだ。そのうちに分かることだが……」

こういいながらも、クレマンは陰鬱な夢想に重くなった額を床のほうに傾けていた。それは、少なくとも心に満たされないものがあることの告白であった。

彼が悦に入って今、次々と披露した事柄は、とても断定的な証拠に依《よ》っていたのでその信憑性《しんぴょうせい》は疑いをさし挟ませなかった。だからマックスは、クレマンがどんな代価を払ってかくも素晴らしい職と、おまけに金を生み出す多くの仕事を得たのか知りたいものだと、それればかりに心を奪われていた。

「僕が期待してたのはそれなんだ！」マックスの反応にクレマンは立ち上がって突然叫んだ。彼は帳簿を閉じて元の場所に戻した。次いで準備された夕食を見て、それまでより穏やかな調子でいった。「テーブルについて、食いながら大いに語ろう」そしてかなり皮肉な様子でこうつけ加えた。「それに、君は力をつけておく必要があると思うよ。計画的で、明らかに意図的な、僕の破廉恥《はれんち》な行為を聞いて卒倒するといけないからね……」

彼らが向き合って腰かけて五分とたたず、三口も食べ終えないうちに、耳の聞こえない老婆《ばあや》が不意に入ってきた。

クレマンは先にもう用はないといいつけておいたので、怒って彼女を睨《にら》み付けた。

「どうしたんだ」彼は乱暴に怒鳴った。

「ロザリ奥様がお呼びです」老婆《ばあや》がいった。

「ああ！」クレマンは苛立《いらだ》ちと不機嫌とを露《あらわ》にしていった。「あのロザリの奴には我慢ならない。あいつは一瞬たりとも独りで居られないんだ。いつも俺がついてなけりゃならない」

しかし、彼は友人に詫びて、マルグリット婆さんについて行った。

こうしたことすべてについて、マックスはどう考えるべきか判断しかねていた。眼に見えるものは心を楽しませてくれる物ばかりだったが、それでもやはり強い悲しみの漂う空気に、胸が締めつけられるように感じていた。それはたとえていうなら、陽《ひ》の光に輝く楽しげな台所で、焼肉のいがらっぽい煙が喉を襲って息苦しくさせるようなものだった。

クレマンはすぐに戻ってきた。

「さあ、もう邪魔されないよ。あいつには阿片を飲ませた」

「彼女、どうしたんだい」マックスが尋ねた。

「僕の知ったことか」クレマンは肩をすくめていった。「あいつは眠れないんだ。眼を開けたままで夢を見てるんだ……そんなことは打っちゃっておいて、話の続きに戻ろう……」

5　彼の打ち明け話

しばらく黙って食事をした後、彼は再び話を続けた。

「君は帳簿上で見た僕の仕事の表面的なことばかりに唖然《あぜん》とし、僕がどうやってそんな仕事を得たのかと不思議に思っている。そんなことは簡単なことだ。人間とは、どんな法外なことでも、意を決しさえすれば必ずやってのけられるようだ。忘れもしない、二年前、僕があの仕事をどんな情況で受け入れたことか。聞いてくれたまえ。

僕は病から癒えようとしていた。だが、見るも無惨に憔悴《しょうすい》していた。真冬の厳しい寒さのさなかに肌着もなく、身に着けているものといえば、綿布のズボンと形の潰《つぶ》れた靴、それらに似合いのみすぼらしい帽子だけだった。他人《ひと》の親切心ばかり当て込んで生きてきたからだろうか、僕の周りにはもはや無慈悲なほど情容赦のない人々しか残っていなかった。それに、人間とは犬と同様浅はかなもので、人がぼろ着をまとっているとそれによってしか判断できないのだ。というのも、僕を見る者は軽蔑の念はおろか、恐怖心すら抱いたのだ。どうしてもまだ生きていたければ、偶然に手に入ったたった一本の頼みの綱に縋《すが》らなければならなかった。しかし、ときどき、激しい怒りがまるで鞭打ちの刑のように僕を襲った。機会があれば迷うことなく罪を犯しただろう。そしてあるひどい災難がついに僕を激昂《げきこう》させた。

月六十フランとあばら家を貰い、それと引き換えに事務所の掃除や使い走りをしていたのだが、そこの主人が突然姿を消したのだ。顧客の財産を奪い、家族を破産させ、店の者たちの給料、召使《めしつかい》たちの給金まで奪い取ったのだ。この報《しら》せを聞いたときロザリと僕を襲った絶望はとてもいい表わすことなどできない。この男に奪われた六十フランは三十日分の生活費に相当した。確かに、僕らはいまだかつてあんなに酷《ひど》い情況に追い込まれたことはなかった。今度こそ破滅から抜け出せそうになかった。そんなわけで、不毛の闘いに疲れ、我慢も尽きはて、真剣に自殺の計画を練ってその夜を過ごした。そんな風にして生きつづける勇気に比べれば、死ぬ勇気などはものの数でもなかった。そしてもし朝方に、幸か不幸か、一つの記憶が突然脳裡をかすめなかったら、僕らは確実に決めた事を実行していただろう……」

クレマン自身の言葉で話したからといって、特段興味深いものが浮き上がるというわけでもないだろう。語り手のわたしが話そう。

そのときから遡《さかのぼ》って六ヶ月ばかり前のある日——クレマンは新調したての服を着ていた——彼は一人の司祭と知り合った。しかもそれは、彼の知らぬ間のできごとだった。

酒好きのせいではまったくなく——というのもクレマンはあまり酒を飲むのを好まなかったのだ——男女の集《つど》うあるパーティーで彼は少しずつ酔いがまわっていることに気づき、驚いていた。暑さで弱り、神経が昂ぶり、外気を吸って体を動かしたいという欲求と格闘していた。クレマンは、人目を忍んでそっと外に出た。だが、大気はその酔いをさらに深めた。

夜だった。眼は濁り、考えることには脈絡がなく、道行く人々や壁に突き当たり、一歩歩くごとに危うく地面に転がりそうになりながら、どこをどう歩いたか分からないままに、サン・スュルピス広場にたどり着いた。そしてそこでまったく力が抜けてしまって、よろよろとよろめきながら神学校の鉄柵のところまで行くと、そのまま柵の下に頽《くずお》れるように倒れた。そして再び目覚めるまで、クレマンは何があったのか覚えていなかった。眼を開いたときには、何もないがらんとした一室で寝椅子に仰向《あおむ》けに倒れていたのだった。誰かが冷水で顳顬《こめかみ》を冷やしていた。灯《ひ》の光でクレマンは司祭を認めた。司祭は心をこめて尋ねた。

「さあ、気分はよくなりましたか」

クレマンは茫然《ぼうぜん》としていた。

「いったい、どうやって私はここに来たのですか」クレマンは叫んだ。

「私が帰ってくると、あなたは扉に寄りかかって倒れておられた。それで、失礼ながら介抱しようとここへ運ばせたのです」聖職者は思いやりのこもった声で答えた。

路上で逮捕され警察に連行される憂き目に遭わせないでくれた人に、クレマンが気持ちよく接したのはごく当たり前のことであった。だから、司祭が職業を尋ねると、クレマンは十分な礼儀を尽くして答えた。自分は止むを得ず文筆家をやっているのだと明かし、次いで、もし自分が好きなことを続けていられる境遇なら、とりわけ自然科学を勉強していただろうと打ち明けた。たまたまこの司祭は、かつて密かに物理学と昆虫学とを勉強していた。急いでちょっと話しただけのことながら、同じものへの興味を分かち合うという共感から、二人の間にはいくらかの気安さとある種の親密さが生まれた。それでもクレマンは、司祭に対して乱暴にもなりかねない率直さで、自分は何も信じていないし、多くの司祭が大したことを信じていない、それはほぼ疑いないと明言した。司祭は、クレマンのこの本心をいつわらない言葉に対してなすすべもなく微笑《ほほえ》んだ。そして、それが事実であることをあえて隠さなかった。司祭はクレマンがとても気に入り、また会えるなら大変嬉《うれ》しいと告げた。そうして、このうえなく楽しげにつけ加えた。

「少々大胆なあなたなら、生活の中でふとしたとき助言が必要になることがあるかもしれませんし、またひょっとしたら何かの推薦が必要になるかもしれません。そのときには私にいくらかの信用があることを思い出して、友情を試しにおいで下さい」

そしてさらにいった。

「あなたの素晴らしい知性がつまらないことに浪費されているのを残念には思いますが、私が私利私欲のために動き、陰険にも説教であなたを苛《いじ》めようとしているなどと思われませんように。私に対してそうした心配はまったく無用です」

クレマンは儀礼的に司祭の名前を控えた。聖職者に会うとほぼ必ず胸の中に湧き上がる軽蔑と憎悪の衝動を、この司祭からは感じなかった。だが、別れるとすぐに、もう司祭のことなど考えなかった。

しかし、自殺を図ろうとしながら、それでもなにかしらしがみつくものがないかと探しているとき、クレマンがこの司祭と彼が救いの手を差し伸べようといってくれたことを思い出したのは自然なことだったかもしれない。クレマンは、万一を見込んで司祭に会いに行こうと決意した。彼はこの思いつきの進展にはさして期待せず、これが何ももたらさなかったとしても、今より不幸になるわけではなかろうと考えたのだ。

クレマンはあらかじめ自らの行動計画を練り、大胆な芝居を演じようと決心した。よくあることだが、およそ何も期待していなかったにもかかわらず、嫌悪しか感じない訪問からクレマンは非常に大きな利益を引き出した。フレピヨン司祭は、クレマンがあの夜の若者とすぐに分かって大いに歓迎した。

最初にクレマンはいった。「今、私はこんな貧窮に陥っていますので、この申し立てが不誠実だと思われはしまいかと、とても心配です」

司祭の丁重な否定の後、クレマンは自分のこれまでの生活が恐ろしいのだと打ち明けた。恐怖はとても激しく、あわや人生に片を付けるところだった。だが、司祭のことを思い出し、踏みとどまったのだと告白した。

「包み隠さず申しますと」とクレマンは続けた。「あなたから見れば、私はまさに藁《わら》をも摑《つか》む溺《おぼ》れる者でしょう。私には、他ならぬ生きる情熱が必要でした。それで、あなたのお名前と手助けしようといわれたお気持ちとを思い出したのです。ですから、何かご無理をお願いしようなどと思って来たわけではありません。ただ申し上げておきますが、私のような放蕩者がみごと回心すれば、他の者にとって大変よい手本となるかもしれません」

尊敬すべき司祭は、私がお役に立ったなどとんでもないといい、しかしそんな風に考えて下さったあなたに会うのは嬉しいことだと答えた。クレマンははっきりと自分の窮乏生活を語った。司祭はいそいそといった。

「私がもつものを喜んで分かち合いましょう。私がもっと豊かだといいのですが。しかし、あなたに確実な後ろ楯を見つけるまでは休まないことをお約束します。じきにきっと、あなたがほどほどには満足できるような職を見つけられるでしょう」

忍耐について、とても心和む説教が少しの間なされた。その結論は、できるだけ早く懺悔《ざんげ》しなければならないということだったが、説教の後で司祭は六十フランを渡し、数日後にまた来るように勧めて帰らせた。クレマンは希望を取り戻して辞去した。彼は純真で、実に慈しみ深い人間に出会ったのだった。その愚直さにつけ込むのはたやすかった。クレマン自身の表現に従えば、「法衣にもかかわらず、フレピヨン司祭は律儀者、つまりは愚か者だったのだ」。

クレマンは抜け目なく、自分は非常に執心している女性と暮らしているので、二人分の回心にかかわる問題であることをいい忘れなかった。ほどなくして、フレピヨン司祭は救済の金を再度渡し、何人かの人物に、とりわけL…公爵と聖《サン》フランスワ・レジ会[12]の会長に熱心に推薦しておいたと告げた。

その間、ロザリとクレマンは軽蔑と嫌悪とを胸に秘めて——これはクレマンの言である——自分を殺して告解場で跪《ひざまず》き、罪の赦《ゆる》しを受け、聖体を拝受していた。規則正しく礼拝に行き、教会でいちばん明るい場所を選び、謙虚な態度で悔悛を装い人目を惹こうとした。二人はほどなく偽りの敬虔《けいけん》の代価を受け取ることになった。両者に共通した聴罪司祭は間もなく、二人の関係を教会に早く聖化してもらって、身分を聖《サン》フランスワ・レジ会に正規のものと認められるよう急《せ》き立て、将来が保証されるためにはこの従順な行為のみが待たれるのだと仄《ほの》めかしさえした。二人はすでにこのことを考えていたので、喜んで結婚に同意した。恋人を妻にすることに同意する貧しい者のために設立された聖《サン》フランスワ・レジ会は、律儀な職人たちにするのと同じように二人を援助した。当然のことながらあらゆる費用を会が引き受け、そのうえ、特別な厚意で、家庭用の白布類《シーツ》、衣服、質素な家具類を提供した。それればかりではなかった。結婚して一週間とたたないうちにクレマンは一通の手紙を受け取った。その中で、この会の会長は、差し当たって管理事務所で現在空いているささやかな職を彼に提供することができると知らせてきた。クレマンは承諾した。彼が自分の役割に耐えた我慢強さは、さらに新たな厚意を得るだけの価値があったのだ。それ以来、財産とはいわないまでも、少なくとも、近い将来にある程度のゆとりを得ることは期待できた。こうした事はすべて、死んだとき、友人のマックスに遺贈するつもりでいたクレマンの日記に細大漏らさず記されていた。マックスならそこから好奇心をそそる物語の材料を汲み取ることができるだろうからだ……。

12　聖《サン》フランスワ・レジ会とは、ジャン゠フランスワ・レジ（一五九七―一六四〇）の名にちなむイエズス会。十九世紀の『グラン・ラルース百科事典』に依れば、「パリや他の多くの町（都市）に聖《サン》フランスワ・レジと呼ばれる宗教団体が存在し、その主な目的は宗教的な婚姻と私生児の嫡出子化を容易にすることであった」とある。

クレマンはさらに告白した。「友人の前で仮面を脱ぐことだけが喜びなのだ。それは官能の快楽に近い喜びを与える。僕は何でもできる。だが嘘をつくことは耐え難く僕を苦しめる。自分が滑稽だとしか思えない儀式に加担しているときに抱く人知れぬ激しい嫌悪は、他人《ひと》が僕特有のものと考えている、信仰に対する軽蔑とまさに等価なのだ。ともかく今のところは、もし教会に精勤していることが噂になって広まったら、お話にもならない僕の回心の本当の意味を理解できる人が、僕の他にもいるのだと思うことで、せめてもの慰めにしよう」

「しかし」とクレマンは突然いった。「詰まるところ、僕はこんな事はしたくなかったのだ」

6 彼の全貌

ここでクレマンは、それまでより断固たる口調になった。

「君はこう確信している。われわれは善悪の感情をもって生まれ、『神』や『摂理』は存在すると。要するに、君は物理の世界を超えたこうしたあらゆる愚劣な考えの餌食《じき》になっているのだ。そんなものは人が愚か者どもを利用するために考え出した手段に過ぎない。君からひどい幻想を根こそぎひっぱがしてお人好《ひとよ》したちの群れから引きずり出してやりたい！　僕を見たまえ！　これこそ僕の喜びであり誇りなのだ。僕はこうした信仰と偏見に対する活発で旺盛な、生ける否定なのだ。そればかりではない。誠実、公正、美徳と呼ばれる価値に対して、巧妙で卑劣な行為がこれほど輝かしい勝利を収めている例がかつてあっただろうか……」

彼は問いかけるようにしばし話を止め、次第に熱っぽさを募らせながら続けた。

「君はときどき僕のことを、自分で思っているよりは善良だ、といっていたね。それは僕を知らないというものだ。偽悪家を気取っているわけじゃない。いや、断じてそうではない。だから僕の評判がどれほど悪くても、本当のところはさらにその千倍も悪いのだと僕が断言するとき、君はその言葉をそのまま信じていいのだ。もし人々に罪とされているすべての行為を並べあげたなら、僕が犯さなかった罪は一つもないくらいだろう。僕の傲慢さと利己主義《エゴイスム》は際限がないのだ。機会《チャンス》さえあれば、ほんの気まぐれに、全世界を無にしたっていいとさえ思うのだ。僕は人にとても愛された。けれど、これまで誰一人として愛したことがない。何年もの間、借金のみで生きてきた。それを返せる当ては永久にないだけに、ますます嬉々として借金したのだ。友達の財布から平気で金を借りた。そして彼らのうちの誰に対しても、役立つように尽くしたりしなかった。それどころじゃない。友達が僕の役に立てないとか、立ってくれる気がないと、すぐに悪口をいって名誉を傷つけた。ついには、手当たり次第にあらゆる人を利用し、故意に欺くだけでは満足せず、なんとも下劣な不品行を得々として楽しんだ。泥沼の中を悦に入って転げ回った。幾多の女性を犠牲にして生活する汚辱を望んで引き受け、たじろぎさえしなかった……」

こう話しながら刻一刻と募る激しい昂奮《こうふん》のため、クレマンは立ち上がって大股で部屋をあちらへこちらへと歩き回った。

クレマンは続けた。「誰かが僕の前で神について述べようものなら、必ずたちどころに神を冒瀆《ぼうとく》した。僕は神を呪い、挑戦した。あの神に。神がこの罵《のの》りと挑発とを聞いているのだと確信するために、その存在を信じたかったくらいだ。僕は人間が自分の魂を売ろうとしているその瞬間に立ち戻りたかった……僕を見たまえ！」

マックスの眼前に立ちはだかり、腕組みをし、蒼白な顔を引きつらせ、臆面のなさを浮かべているクレマンは、見るからに恐ろしかった。クレマンはさらにいった。

「僕は罪深さのかたまりで、骨の髄まで腐りはて、穢《けが》れを背負っているのだ。僕の細胞の一つ一つが悪なのだ。死刑執行人に引き渡される誰よりも、牢獄へぶち込まれる誰よりも罪深い僕。この僕が貧窮のどん底から裕福になるためには、そして身の安全を勝ち得、幸せになるためには、おぞましい役割を引き受けて、自分が嫌悪してやまない感情をあたかももっているように振る舞い、よりいっそう卑劣漢になることに同意するだけでよかった！……」

マックスは悲しみを満面に浮かべ、信じられないというように首を振っていた。

クレマンはさらにいった。

「僕は、肉体的苦痛には素直に身をゆだねられるだろう。だが精神的苦痛、そんなものは金輪際感じたくもないし、これからもまったく感じないだろう。僕はこれからも幸せなのだ！　社会の目から見れば人間のなかで最も恥ずべき人間のこの僕は。だが、かわいそうなマックス、僕が不誠実なのと同じくらい誠実な君は、現在も将来も数々の苦痛に引き裂かれ、僕のような輩《やから》に侮辱され、罵られ、誹《そし》られて惨めに生きていくのだ」

矛盾していたことにクレマンは、「ああ！　何て苦しいんだろう！」といわんばかりに顔をゆがめながら、「僕はこれからも幸せなのだ！」といっていた。マックスはそれでも、たとえ今日の幸せが現実であり、心底充《み》たされたものであっても、未来の幸せについてはまったく予断は下せない、と注意をうながした。

「僕の確信を人間の力で捨てさせることはできない」クレマンは叫んだ。「僕の心をかき乱し、この確信を揺るがせると主張する奴らの思想については、そんなものは、もともと人間が考え出したことでしかないことくらい僕にはお見通しだ。そんなものを踏みにじるのはわけない。僕が人間どもを怖がるとでもいうのか。奴らに畏《おそ》れ敬わせてやることなど簡単だ。奴らの前で図々しく演じてやるのさ、お望みどおりの姿になってやろう。そうして尊敬を手に入れるのだ」

「ほう、それじゃ君は自分自身と折り合いをつけて生きていけないときでも、そのことに対処する自信もあるのかい」マックスが尋ねた。

「それがどうしたというんだ」クレマンがいった。「耐え難い人生に僕はいつでも自分で終止符を打てるのだ。喜びや揉《も》め事にうんざりすれば、死を抱擁しよう。虚無に身を沈めよう。永遠の眠りに入ろう」

「どうしてそんなことが言えるんだい」マックスは憐憫の情を抱いていった。

「神は存在し得ないのだ！」クレマンはいいようのない激しさで反駁《はんばく》した。「神などというものがどこから降って湧いたというのだ。どうして僕が神じゃいけないんだ。それに、この神たるや、過去と未来が分かっていて、ひと目で森羅万象を完全に把握してしまうのだろう？　ならば、そいつにとっては喜びも苦しみも思いがけない事もあり得ない。そうしたら、この神というやつは測り知れない倦怠[13]に襲われ、その永遠性自体によって死んでしまうことだろう……」

この手の憐《あわ》れな論法を一から十まで知りつくしているマックスは、不毛な論証に終始してしまいそうな人々と議論するほど耐え難いことはないと承知していた。それでも彼はクレマンに反論した。

「彼らは魂のあらゆる躍動を幻影に過ぎないと考え、自らの知性をこのうえなくありきたりの分別に隷属させるのだ。彼らはすぐにこう考える。自己の外には何ものも存在せず、自分が理解できないものは存在し得ない。したがって、未知のものは自分と同類であると。そして最後《つい》には、直《じか》に手に触れるものの存在しか信じずに、こう叫ぶ。神は存在しない！　と。なぜなら、彼らの偏狭な頭では神がどんな風に存在し得るのかが理解できないからだ」

「苦しみがある限り僕は永久に神を否定する！」クレマンは極度に昂奮して叫んだ。「はっきりいっておくが、たとえ靴の中に入った小石のためにわずか二週間でも痛みを味わわされれば、ただそれだけの苦痛でも、僕は頑固にいうだろう。『否、神は存在しない』と」

「僕にはその関係が理解できないよ」マックスはいった。「どこで苦しみと神の不在が結びつくんだい？　それは騒々しいおしゃべり女が、神様がいらっしゃればそんなことお許しにならないわというのと同じような言い草だ。苦しみは存在する、それは一つの事実なんだ。その後には、それが根本的に善であるか悪であるか、何故《なにゆえ》にそれが存在するのか、それが何の役に立つのかを知らなければならない。本当のところ、僕としては苦しみなしにはいかなる存在の可能性も考えられない。苦しみとは、物質の原子を互いに結合させる力なんだ。人間をはじめ、あらゆる動物ばかりでなく、さらには植物のように生育するすべてのものの息吹、活気、生命の保存力でもあるのだ。それがなければ、木が樹液を吸い込むあの無数の毛細管は活動せず、木は死んでしまうのだ。それがなければ、花は花粉を運ぶ風に萼《がく》を向けることを忘れ、不毛のうちに干涸《ひから》びてしまうのだ。われわれに及ぼす苦しみの力にはさらにもっと驚くべきものがある。言語、技術、芸術、科学、工業——苦しみは人間が人間の営みによって手にするあらゆる驚異の起源であり源泉なのだ。それは無為の中に生きるわれわれを不安にさせて完成に通じる道へと導く、尽きることのない刺激剤なのだ。苦しみはわれわれ

13　神の倦怠云々のくだりは、バイロンの詩劇『カイン』（島田謹二訳、岩波文庫、一九六〇年）の第一幕における堕天使ルシファーの台詞《せりふ》（一四八―一五五行）の無意識的記憶が存在する、とクレルモン＝フェラン大学教授フランスワ・マロタンはいっている。

を豊かにする偉大な思想と偉大な行為の母なのだ。偉人と呼ばれる人々の多くが苦しみの中から生まれてきたのであり、あなた方の中で最も苦しんだ者が最も偉大な者となろうといえるほどなのだ。それゆえ、人間を苦しみから免れさせたいと願って熱狂的に立ち上がった善意の人々は、不可能という壁に立ちはだかられて挫折したばかりでなく、彼らの精神の真髄がいかに立派であったにせよ、深い洞察力よりはむしろ感情につき動かされたことを証明しただけのように僕には思われるのだ」

「そりゃひどすぎる！」クレマンは激しい怒りにかられて叫んだ。「なんだと！　君は苦しんで嬉しいというのか！　なんだって！　充たされて当然の欲望が充たされないで君は喜ぶのか！　馬鹿げた偏見に押し潰されて喜びでいっぱいになるのか！」

「拍車を掛けられた馬や鞭打たれる馬は喜んではいないだろう。だが、より速く走る」マックスは反論した。「僕は何度もこう叫んだ、『おお、友よ！　僕を軽蔑し、無視し、でたらめに評価して、傑作を作らざるを得なくしてくれ給え』と」

「いい加減にしてくれ」クレマンはわれを忘れていった。「血管の中で血が煮えたぎっている。激怒で僕は何をするか分からないぞ。もし友達でなければ、この手でとっくに君を粉微塵にしていただろう。こんな無茶苦茶な意見を前にしては、力の限り叫ばずにはいられない。『僕は無神論者なんだ！』」

「君は、自分を無神論者だと思っているだけだ」

「君はおこがましくも、僕自身よりこの心の内がはっきり見えるとでもいうのか」

「もちろんだ。なぜかといって、君は前方にだけ窓のついた円筒形のカンテラを思わせるんだ。カンテラを手にした人自身には、中の灯《ひ》を見ることができない」

「僕は非常に強固な確信をもっている」クレマンは続けた。「だから、あり得るすべての帰結をいつでも引き出せるんだ。この世で考慮に値するもの、好ましいものは金以外にはない。そして金を手に入れる妨げになるのは法律だけで、罰せられずに法を犯すことができるときまでは法を擁護しなければならない。これ以外のことは偏見でしかない。そうなんだ、そうなんだ、それは間違いない。もし明日にでも罰せられることなく銀行の金庫から百万フラン奪えるなら、僕は躊躇《ためら》わずそうするだろう」

「君は早晩、盗みを殺人に置き換えるにきまってるよ」マックスは彼を狼狽《ろうばい》させると信じて、そういった。

　確かにクレマンは躊躇《ためら》った。しかし不敵さがたちまち勝利を収めた。彼は勢いを圧し殺していった。

「もし殺人の結果金持ちになり、しかも罰せられない保証があるのなら、そうしない理由《わけ》はないだろう」

マックスは身振りでひどく怪しいものだといった気持ちを表わし、「それは飽くまで極端な虚勢としか思えないよ」と確信のある語調でいった。「人は葡萄酒に酔うように思想に酔うもので、君はもはや自分を見分けられないほどに陶酔しているのだ」

「どうやら君は相変わらず、僕が自分自身でいうほどに悪党じゃないことを心底願っているらしい」クレマンはいった。彼の激しい熱は突然鎮まって、氷のごとく冷めきった。「ならば幻想を抱いてろ。君から幻想を取り上げたいからといって、今のところ、これ以上何もかもを打ち明けたくなるほどではない。ただ参考までにこのことは知っておきたまえ。僕の懐疑主義《セプティシスム》14は実に揺るぎなく、僕の心が平安でいられるのはそのお陰なのだ。そしてこの唯一不変の意志のもとでは、君がこのうえなく堅固だと思っている論証などは、僕には金輪際シャボン玉ほどの値打ちさえもたないってことを」

マックスは驚いてクレマンを眺めた。彼は別に何かを証明したかったわけではないのだと言い訳した。形而上学においては人は何も証明できない。もっと精確にいえば、人が抱く欲望への肯定でも否定でも、どちらも同じだけの説得力をもって証明ができる。そして、しばしば単なる感情が多くの合理的な証明をも打ち負かすものだ――と彼は考えていたのだ。

「君と議論などせずに」マックスはつけ加えた。「ただ、観察した事実だけをいったほうがよかった。もしわれわれが本来の性向から、よからぬ行ないをしようとしても、利己心が却《かえ》って適切な行動を促すのだ。人生のある瞬間を切り取ると、われわれの行為の総和からは、その同じ行為の質と精確に釣り合った喜びとか苦しみの平均値が生ずる。――これは必定である。マントノン夫人[15]が、清廉の中には美徳と同じだけの巧

14　神に対する懐疑思想。「解説」の〈哲学的心理小説〉の項を参照。

15　マントノン夫人（一六三五―一七一九）は、アグリッパ・ドービニェの孫娘でルイ十四世の二番目の妃。十六歳で四十一歳のポール・スカロンと結婚したが、九年で死別し、ルイ十四世とモンテスパン夫人の子供たちの教育係を務め、その後ルイ十四世の寵愛を得て、内密に結婚した。王の死後は、女子教育のために彼女が創設したサン・シール学園に引き籠って暮らした。なお引用は、『書簡集』中の一文である。

妙さがある、といったとき、彼女はもちろんこうした事柄の真相をしかと分かっていたのだ」

7 クレマンの家のティヤール夫人

クレマンの何もかもが不思議で不可解だった——結婚といい、生活の仕方といい、また、自分の裕福《ゆたか》さに対する世間の目をやたら気にしたり、必要もないのにその由来をことさらに説明したり、扉《ドア》に呼鈴《よびりん》の音がするやびくつきおののいたり、あらゆることが不思議で不可解だった。マックスには友人がわざと邪悪さをひけらかし、誇張していることは見てとれた。だがさりとて、行動やもの言いに滲《し》み込んでいる邪悪さの謎については、そう簡単には安心できなかった。

マックスはそれまで幾度となくクレマンに会っていたが、訪問を終えた後には必ず、よりいっそうの困惑を覚えるのだった。だがそれ以外の時には、あれこれ憶測することに倦《う》み、好んで自分の洞察が誤っているのだと信じていた。クレマンが誇張してしゃべる事柄はそれだけですでにかなり破廉恥ではあったが、それはそれとして、実際には語られたこと以外に彼には何もないのだと勝手に納得し、自分の考えと疑惑とを心の裡《うち》にそっとしまっておいた。そしてひょっとしたら、いつの日かクレマンが悔いる姿を見ることもあるかもしれないと密かに期待し、ただ友人の幸せな変容を主張するためだけに語り、それ以外、クレマンについて語ることは絶えてなかった。だが、こうしたクレマンを思う態度のためにマックスは、ド・ヴィリエとまた、かなりとげとげしい口論をすることになった。

「またつき合い始めたようだね」ド・ヴィリエがいった。

「会っても彼だとは分からないだろう」マックスは答えた。「それほど変わったんだ」

「病気だとでもいうのかい」ド・ヴィリエは嫌味たっぷりに訊《き》いた。

「結婚して、働いてるんだ。家で穏やかに生活してる」

「どれだけ続くことやら」ド・ヴィリエは同じ口調で続けた。

「クレマンが悔いるのも受け容《い》れられないほど君は偏狭なのかい」マックスがいった。

「あの種の人間たちは決して悔いるなどということはないんだ！」

「君が何を知ってるというんだ」マックスは苛立《いらだ》ちを抑えて反駁した。「この点については、君のほうが筋の通らないことをいってるってことが、きっと今に明白になるよ……」

それからしばらくして、マックスはロドルフに出会った。ロドルフはいった。

「ところで、クレマンのところじゃ、黄金の河《パクトル》が流れてるとしか思えないね」

「彼は以前より幸せだと思うよ。君もそういいたいんだろう」マックスが即答した。

「あそこではうまいものが食えるかい」

「君が自分で確かめに行けばいいじゃないか」

マックスは何度もクレマンの家に行った末に、やっとロザリに会えたのだった。この哀れな女性を見て、マックスは憐憫の情にかられたばかりか、驚きに打たれた。かつてのロザリはブロンドであるという点、繊細で整った顔立ち、そして冷静な気質を考えると、おそらくはいつまでも若々しさとみずみずしさとを保つ女性だと思われた。二年前にはまだ、その容貌は若い女性たちが羨《うらや》むであろうあらゆる魅力に輝いていたのだから。だが蒼白く痩せ細って憔悴し、ほとんど今にも息を引き取らんばかりのロザリに再会して、マックスはひどく驚いたのだ。しかもその変貌ぶりが病のせいか何らかの懊悩《おうのう》のためか、はっきりとは分からなかった。以前には素晴らしい青色で若々しく澄んだ清らかさそのものだった瞳は、今ではどんよりとして輝きも消え入りそうだった。鮮やかな赤色が柘榴《ざくろ》の花を思わせた唇は紫色になり、魅力の失《う》せた線を描いている。髪は薄くなり、ところどころではもはや地肌を隠すのも難しくなっていた。その姿を見た人々は、羽毛が生え換わるときの鳥や、今にも枯れようとしている薔薇の木を思い浮かべ、あまりの変わりように、この哀れな女性が力を取り戻して、再び花開こうなどとはどうしても思えなかった。

しかし、ロザリは感激してマックスの訪問を受け、それはまた一時的に彼女の健康に良い効果をもたらした。彼女はつかの間、麻痺状態から抜け出した。顔は喜びに輝き、唇は哀愁を帯びて微笑《ほほえ》み、血は皮膚の下でこれまでより力強く流れた。舌もまた解き放たれて友人と語らい、マックスの仕事について興味深く質問し、さらには過去の出来事をあれこれと思い出した。「マックスさん、あれを覚えてる?」「これを覚えてる?」

そして彼女の顔は後悔の入り混じった感動に息づき、涙が瞼《まぶた》の縁に溢れていた。クレマンは二人が話し合うのを傍《かたわ》らで馬鹿にした風情で聞いたり、二人の思い出を情容赦なく嘲弄したりしていた。次いでロザリは情熱的な愛情をこめて自分の子供のことを話した。ロザリが今やりきれなく思っていることは、子供を自分の手で育てられないことだった。一週間ごとに子供の消息を得るだけで満足しなければならなかった。子供はサン・ジェルマンに里子に出してあったのだ。

「いつか、一緒に子供に会いに行きましょう」ロザリはマックスにいった。

「そりゃいい」クレマンがいった。「よくなるよう努力しろ。皆で田舎の散歩を楽しもう」

衰弱が日常のこととなっていてベッドから出ることもままならず、ほとんど食事も喉を通らなくなっていたロザリだが、永い間こんなに気分がよかったことはないのだと間もなく打ち明けた。実際、ロザリは数歩ではあるが歩いてテーブルにつくことができたのだ。夫はそのことをとても喜んだ。額のしわはなくなり、唇からはかつての才気煥発な表現もいくつかすべり出した。いま自分が味わっているいつにない幸福感はマックスがいるためだと思い、ロザリはこのうえなく優しい友情の印《しるし》を惜しみなく示し、マックスが辞去しようとするや否や、また直《す》ぐに来てほしいと懇願した。

「もしよろしければ、毎日私たちと夕食をご一緒して下さらない」彼女はつけ足した。「遠慮なさらないで。あなたが私たちとおしゃべりして下さるのは、私たちにとって単なる気晴らしではなく、深い幸福《しあわせ》なのです」

クレマンは率直な調子で、妻がいうことはまったくそのとおりだといった。

このときからマックスはこの家庭に頻繁に姿を見せるようになった。だが実をいえば、最初のうちこそロザリに対して大いに幸福をもたらしていたマックスの来訪も、その後はめっきりその効果を失った。マックスは哀れな女性が最も恐れているのは孤独だと気づき、何度も病気がぶり返すのはなによりも気晴らしがないせいだと思った。マックスはそのことをクレマンに話した。クレマンは自分でそれを改善してやれないことを嘆いたものだった。仕事のためにそれ以上にはロザリの傍《そば》にいることができなかったのだ。おまけにロザリはあまりにも衰弱していて、観劇にしろ散歩にしろ連れ出すことなど考えられなかった。とはいえ、なんとか近いうちに家を出ずに気晴らしができるようにしてやりたいものだと願っていた。

実際、数ヶ月後にある商取引の収益を何度か受け取ると、クレマンはマックスにその取引についてこと細かに説明し、これまで頭の中でゆっくりと熟成させてきた計画《プラン》を急いで実現した。

彼は、セーヌ通りにある素晴らしい建物の三階に美しい住居《アパルトマン》を借りて、使い勝手がよく優雅な新しい家具調度を備えつけた。クレマンはこうしたものの代金を支払いながらも常軌を逸したことをしているとは自覚していて、もし事業に少しでも不測の事態がおきれば深刻な窮状に陥るかもしれないといい添えた。だから、ピアノを手に入れたいという並々ならぬ思いがあったにもかかわらず、その法外な値段にはたじろいだ。そこでマックスが助け船を出した。マックスがクレマンにピアノ製造業者を紹介すると、業者は事情を聞いて、三ヶ月ごとの支払い手形と交換に、とても良い楽器を届けることに同意した。

次にクレマンがロザリの音楽教師のことを心配すると、当然のことながら、マックスはティヤール夫人のことを考えた。ティヤール夫人との仲は日ごとに親密さを増しつつあり、マックスはとにかく今では、ティヤール夫人の最愛の人になっていた。マックスはあらかじめ夫人と話し合ったうえで、ロザリの音楽教師として夫人を推薦し、そうしてつけ加えた。

「あの女性は優れた音楽家であるばかりか、実に魅力的な女性だ。ロザリは夫人と知り合えばきっととても喜ぶだろう」

クレマンは二人の関係についてすぐさま無礼な憶測をしたが、マックスはそれにはあえて応じなかった。やがて、マックスが庇護するティヤール夫人が週二回、火曜日と金曜日に、ワンレッスン五フランでロザリを訪ねることが取り決められた。

最初のうちレッスンはかなり規則的に続けられた。ロザリは大した才能の持ち主ではなかったが、熱心に練習に取り組み急速に進歩した。

だが、悲しいことにロザリの健康状態は不安定になっていくばかりで、ほどなく彼女の熱意は鈍らざるを得なくなり、ティヤール夫人は間もなくレッスンに集中できない生徒としばしば向き合うことになった。こんな状態になったのでクレマンはマックスにいった。

「週二度もレッスンがあると妻は疲れるんだ。これからはもう、レッスンは週に一度、火曜だけにする。だから金曜日はレッスンの代わりに、君の都合がよければ、ヴァイオリンをもって来て君の女友達と二人で演奏してくれたまえ。二人にはそれぞれワンレッスン分の授業料を払うよ」

マックスは、クレマンがいつもやりくりに困っていることを嘆いているので謝礼金は断ったが、クレマンとロザリの執拗《しつよう》で頑固な申し出に折れることにした。ティヤール夫人はこの新しい取り決めを喜んで承諾した。

この内輪だけの音楽の夕べから、間もなく本物の音楽の夕べが生まれることになった。ティヤール夫人はこうした交渉のどれにも直接にはタッチしていなかった。マックスが夫人の法定代理人になっていたのでいつも彼女の代理を務めており、常日頃の癖から、彼は夫人を呼ぶときのアンリエット夫人[16]という名前しか、クレマンたちに伝えていなかった。ある朝、妻と差し向かいのクレマンが自分たちと一緒に食事をしているマックスにいった。

「ああ、そうだ！　君はまだ例の音楽家の女友達の名前をいってなかったね」

「えっ、そうだったかい？」マックスは答え、すぐさま「ティヤール＝デュコルネ夫人だよ」とつけ加えた。

この名前は夫婦にとって雷《いかずち》の一撃だった。二人ともギクリとし、特にロザリは気持ちを自制できずに、危うく具合が悪くなるところだった。

「なんだって！」クレマンは驚愕《きょうがく》してマックスを見ながら叫んだ。「殺されたあの証券仲買人の女房だって？」

「いや、彼は溺れたんだよ」マックスがいった。

16　アンリエット夫人とは姓名の「名」にもとづく呼び名。

突然ロザリが手を叩いて笑い出した。しかし、いかにも見せかけの引きつったような作り笑いだった。一方、夫のほうは、茫然自失の体《てい》だったが慌てて言葉を継いだ。

「そうだ、そういいたかったんだ、溺れたって。彼は引き揚げられたんだ。もし僕が間違ってなければ、サン・クルーの網[17]で」

「彼を知ってたのかい」マックスが尋ねた。

「もちろんだ！」すぐさま冷静さを取り戻したクレマンがいった。「僕が驚いて当然なのは、君にだって分かるだろう。ティヤール＝デュコルネとはまさしく当の引き揚げられた証券仲買人で、僕は彼の事務所で集金係をしてたんだ」

「まったく」と今度はマックスが唖然としていった。「こんな驚いた巡り合わせはまたとあるまい！」

「だから私は、運命ってなんて滑稽なものなのかと思って笑ったのよ。一人の女がいて、以前は私を掃除婦に雇うのを断ったのに、今では私のピアノの教師なのよ」

ロザリを復讐心の強い女性だと思ったことがなかったので、マックスはその発言に驚いた。

「事実、このシーソーゲームには何か滑稽なところがある」クレマンが妻の言葉にさらに重ねていった。マックスは、ティヤール夫人への配慮から、こうした事情をいっさい漏らさないことは無論、そっと秘密にしておかなければならないという意見だった。

「まさにそれを僕はいおうとしていたんだ」クレマンはすかさず応じた……。

17　サン・クルー橋に、流れに垂直に張られたネット。魚もかかるが溺死体もかかったという。

8　ロザリの不可解な気懸り

生活のゆとりができるにつれ、いつしかクレマンの家庭には知人や友人が一人二人と訪れ始めた。まず彼の身分が変わったため、新しい知り合い、それもたいていは世の中からとても敬意を払われている人々との関係ができた。たとえば、神学の講義をし、さらにはベネディクト修道士[18]として生活をしながら、足繁くクレマンを訪ねて来たフレピヨン司祭はもちろんのこと、神父で司教座教会参事会員のポンソー司祭という立派な老紳士、そしてデュロズワール氏という予審判事もしばしばクレマンを訪れていた。余談だが、ポンソー司祭とデュロズワール氏は大の音楽好きだった。徐々に数多くの会、なかでも聖《サン》ヴァンサン・ド・ポール会[19]と聖《サン》フランスワ・グザヴィエ会の会員になったクレマンは日曜日と祝日にはもっぱら講演と説教を聴いて過ごしていた。そんななかでクレマンは予審判事のデュロズワール氏と親交を結び、大いに気に入られて子供の代父になることを承諾してもらえさえした。子供はまずは略式洗礼を受け、ロザリの体調が許すようになればすぐ正式に洗礼を受けることになっていた。他方、クレマンは、人々に紹介された多くの聴罪司祭の中から特にポンソー司祭を選んだ。なぜなら、この司祭は少し耳が遠かったからだ。

ついでにいうと――というのもこの教会参事会員がおよそ期待はずれを免れ得ない御仁だから敢《あ》えていうのだが――このポンソー司祭は出会った人にはすぐさま尊敬の念を起こさせる容貌の持ち主だった。背が高く、古い羊皮紙に書かれたアラビア文字さながらに、蒼白い顔にくっきりと浮き出た黒い眼と黒く濃い眉をもち、雪の白さの白髪を頂いた顔、これ以上威厳に満ちた祭司を祭壇に思い描くことは不可能だった。ところがこの印象は、近づいて声をかけ、間近で彼と話をするや、たちまちこの高み

18　ベネディクト修道会は、イタリア中部、ヌルシアのベネディクトゥスが創設した共住制修道会。修道士はベネディクトゥスの修道規則を守り、清貧、童貞、服従を誓い、修行と労働に従事する。中世には学問、文化の保存、普及に貢献し、その修道規則は長く西欧修道士生活の鉄則となった。

19　聖《サン》ヴァンサン・ド・ポール会は、見習いと職人を援助するために、一八五二年にレオン・ル・プレヴォによって設立された宗教団体。

から失墜してしまうのだった。この司祭は司教の決定によって――これはクレマンの家に集まった人々の間でもっぱらの噂だったが――聖務日課書だったか祈禱書《きとうしょ》だったか、どちらにせよ、その十二巻を完全に手直しする作業を命ぜられ、人生のうちの二十年間をこの大規模な編纂《へんさん》作業に捧げた。日々引き籠らざるを得ず、自ずと一種の不動状態に縛りつけられてしまうこの仕事に励むうちに、威厳のある外貌を台無しにする、あらゆる痛ましい病気に罹《かか》ってしまったのだ。社交界の士としてはこのうえなくうっかり屋であるうえに、部分的に舌が麻痺してときに吃音が出てしまうし、こちらのいうことを分からせるためには大声で話さなければならず、はなはだしい近視でもあった。腸カタル、リューマチ、痛風が順に司祭の身体《からだ》を占拠し、めったに休息させることがなかった。ただ、これらのことを除けば、子供のような単純さ、純真さ、変わらぬ善良さゆえにまさに天使のような人物だった。音楽には目がなく、自身もコントラバスを演奏し、ときに調子のはずれた音を出したけれど、とても優れた音楽家だった。

クレマンは――確かに彼の家にはお金が流れ込んでいるようだった――ときどき夕食を振る舞うばかりでなく、マックスの勧めで弦楽四重奏団を雇って、四つの楽器のために作られたハイドン、モーツァルト、ベートーヴェンの全曲、ピアノ三重奏曲、ピアノ五重奏曲を演奏させた。ロザリの傍らに座る聴き手がデュコルネ夫人とデュロズワール氏だけのときには、ポンソー司祭がそっとやってきてチェロを取り上げ、ティヤール夫人とマックスと一緒に演奏していた。クレマンはこうした音楽の集まり以外にも、その敬うべき教会参事会員がいないときに——というのもポンソー司祭の性格ではそれより多人数の集まりはむずかしかったのだ——二週間に一度の音楽の夕べを催し、そのときはマックスが集めた音楽愛好家三、四人の力を借りて様々な室内楽が演奏されていた。演奏は非の打ち所がないというわけではなかったが、ときにはうるさい音楽通をさえ満足させるほどの名演だった。聴衆の数は知らぬ間に増えていった。ティヤール夫人とその母親、デュロズワール氏、マックス、ロドルフ、他の数人がすでに中心メンバーとなっていたが、演奏会は徐々に家が小さすぎると感じるほどの大きさになろうとしていた。そこに居合わせた多くの人々は、外でこの音楽会のことを気兼ねなくあれこれと話した。以前にはクレマンを誹《そし》り、最も卑劣な人間と見なし、ついにはそこから彼を屈辱的なまでに撥《は》ねつけて追い払った社会であったが、今ではその同じ社会で手のひらを返したように彼をほめ讃える数限りない話題が細部にわたって取り沙汰され、こうしたあれこれの風評は当の社会に反省と再考を促すことになった。ほとんど誰からも、重罪裁判所で重罰を科されるべき見下げはてた奴と言明されていたほどの男が、最も容赦ない告発者の目にさえ、汚《けが》れ、放埒《ほうらつ》、悪癖、悪徳、過ちなどを一つずつ脱ぎ捨てて、卑劣な罪人ではなく、尊敬されるべき人物になっていったのだ。人々は体面を保つために少しずつ巧みに関係を調整しつつ、自らクレマンを迎えに行くようになった。クレマンはすでに人々の愛想のよい優しい顔しか目にしなくなっていた。門番の許には毎日、なにがしかの新しい名前が見つけられた。人々は口先だけではなく、実際にお役に立ちたいといって群がってきた。このままいけばクレマンは早晩、増えつづける友人の数に怯《おび》えてその半分に門前払いを喰わさざるをえなくなっただろう。

一方で、哀れなロザリの具合はよくならなかった。彼女の日常は回復期と死に際に味わうような苦悶とが交互に繰り返されていた。夫婦のたっての願いでマックスは、昼間、クレマンが事務所に出かけているときに足繁くロザリに会いに来ていた。ロザリはときに穏やかな日もあったが、ほとんどの日は陰鬱な衰弱に支配されていた。ある日マックスはロザリの気懸りの原因を知り、とても驚くこととなった。

その日、衰弱はいつもより深刻で、彼女は不吉な夢想の餌食になっているように見えた。マックスはこの痛ましい状態からロザリを引きずり出そうとしばらく努力をしたが、うまくいかなかった。ついに彼女は顔を上げ、憂鬱な眼差しをじっと友人に注ぎながら、

「マックスさん」とかすれ声でいった。「あなたは神が在《い》るとお信じになる？」

マックスは驚いて彼女をしげしげと眺めた。

「ええ、信じます」マックスはいった。

「で、死後に何かあるとお信じになる？」

マックスは驚いてあっけにとられた。

「肉体が朽ちてゆくばかりの定めだからといって、それで魂までがどうして滅びてしまうのか僕には理解できませんが」マックスはいった。

「つまり、死後には罰があるのかしら？」

この質問は厄介だった。短い言葉でロザリは、多くの賢者を狼狽させる以上のことを語っていた。賢者とは往々にして、神学者がよく使う有無をいわせぬ技術《こつ》をまったく心得ていないものなのだ。マックスは答えるのに躊躇《ちゅうちょ》した。

皮肉な返答を恐れておじけづく体《てい》で、マックスはやっと話した。

「僕は物質の法則があるのと同じように精神の法則もあると信じています。そして、もし物質の法則が乱されると、その結果確実に災害が起こるのと同様、もし精神の法則を犯すようなことがあれば、その結果として精神の世界においても必ずなんらかの不調が生じ、それは平穏に戻るために強く贖罪《しょくざい》を要請するものと確信しています」

「でも結局、その贖罪は個人的なものかしら」ますます不安になったロザリがいった。

「個人的であると同時に、万人がある程度はそのために苦しむのです」直ちにマックスが返答した。「同じ星に縛り付けられ、同じ大気圏に包まれているわれわれが何をしようと、あらゆる事柄におけるわれわれの連帯は、苦しみと同様喜びにおいても、また邪《よこし》まな行為と同様善なる行為においても、永遠で宿命的なのです」

「そうしたことは私が知りたいことじゃないの」ロザリは苛々していった。「たとえば、もし私が大きな過ちを犯したとすれば、私は死後苦しむのでしょうか」

「あなたの苦しみの総和があなたの罪の総和につり合わない場合、死後の世界で若返って贖罪を続けると考えるのがそれほど滑稽なことでしょうか」マックスがすかさず反論した。

「そんなことはどうでもいいわ！　もし前世の生活の記憶を失《な》くすことができたら」ロザリが急にいった。

「苦しみの原因が分からなくなってしまえば、それだけあなたは苦しまないとでもいうのでしょうか」マックスがいった。「それに、罪を包含する生活の中で、人がなにかしらその罰を受けないということは少なくとも疑わしいことです。仮に、その人に家族があるとちょっと想像してごらんなさい。子供たちに不幸の遺産を遺《のこ》すと考えることは、それだけで十分に恐ろしいことじゃありませんか」

「ああ、なんてこと！　ああ、なんてことなの！」ロザリはそういって両手に顔を埋《うず》めて、不意に嗚咽《おえつ》し始めた。

ロザリの言動はすべてマックスにはとても不思議に思えたが、この悩みの激発は良心の咎めが度を越した結果に過ぎないと考えたかった。

ほどなくクレマンが事務所から帰って来た。永年、妻の陰鬱な悲しみを見ることに慣れていた夫は、まだ涸《かわ》かない妻の涙の跡に注意さえ払わなかった。そのうえ、彼は別のことに気を取られていた。嫌味な口調と侮辱的な言葉で、彼は翌日聖体を拝受すると宣言し、妻には、どうせおまえは衰弱のためにこの胸の悪くなる茶番劇を免れるのだから、せいぜいこれまでよりせっせと告解するようにと勧めた。ロザリは——こんなことはおそらく初めてのことだったろう——夫がこうした無礼な態度で話すのを聞く辛さを隠そうとはせず言葉にした。

「なんだと？　そりゃどういうことだ？」クレマンは高飛車な怒りをこめていった。「司祭の御託に気持ちが動いたんだと？……忘れるんじゃない」クレマンは恐ろしい勢いでつけ加えた。「俺たち二人の間には第三者とか宗教とかの影さえ入ってほしくない！　司祭の意のままになるくらいなら俺は死刑になるほうがましだ！」

マックスは心配そうにうつむいていた。

「あなたは老人に嫉妬してるの？」ロザリは微笑《ほほえ》もうと努めながら尋ねた。

クレマンは自分の怒りをそんな風に解釈されたことに反論するどころか、突然穏やかになって不意に話の内容を変えた。

何かしら新しいトラブルに見舞われずに一日が過ぎることはめったになかった。たとえば、その同じ週にマックスが、この日も少し気分が悪いティヤール夫人の傍《そば》にいたとき、夫人がいった。「クレマンさんはかつて私たちの店で働いていたようですね」

「どうしてあなたはそれをご存知なのですか」マックスは好奇心にかられて尋ねた。

「フレデリックから聞きました」ティヤール夫人がいった。「フレデリックはロザリさんに、私の気分が悪いのでレッスンをキャンセルするとあらかじめ知らせに行ったのです……」

老人はこの訪問から、とても嫌な印象をもち帰ったのだと夫人はつけ加えた。クレマンはフレデリック爺さんをひと目見ると、最初は狼狽し、慎重な態度を示したと思うや、すぐさま思い直したように、今度は慎重だったのと同じ程度にざっくばらんなところを示したのだった。自分の住居《アパルトマン》の内部を見せたばかりか、取るに足らぬごく細々《こまごま》した事柄にまで立ち入って自分の身の上話をことさらにしたがり、うまくつけてあるかどうか見てほしいといって、帳簿を無理矢理に見させたのだった。フレデリック爺さんはこの帳簿が第一級の会計士さながらの仕事であっただけに、クレマンのこの一見どうでもよいような心配に驚いたのだ。経済的余裕、勤勉な生活、信心深さにもかかわらず、すさんだ顔つき、険しい眼つき、曖昧な態度のため、老人はクレマンに対して信頼感も共感も抱くことができなかった。この老人は、なぜかはよく分からないままに――これは本当なのだ――この不吉な人物とティヤール夫人との関係に深く心を痛めるに至ったのだった。

「私としては」ティヤール夫人は続けた。「事実をもっと早く知らなかったのがとても残念ですわ。知っていれば、別に誇りが許さないなどということではなく、たぶんあの家に行くのをお断りし、慎重に行動していたでしょうに。これはあなたにいっておかないといけないと思うのですけど、私はロザリさんには同情していますが、ご主人に対しては、フレデリック爺やと同じように嫌な気持ちを抱くのです。どうしても抑えられない嫌悪感を覚えるのです」

その翌日、マックスが訪ねると、クレマンは不機嫌に友人を迎えた。

「おまえは気でも狂ったのか」彼は叫んだ。「なんだって！　おまえはロザリに教理を教えて楽しもうってのか！　何を考えてるんだ。神だの、永遠の生命だの、罰だの、その他なんのかのが存在するだの、なんでそんなことをいう必要があったんだ」

「僕はロザリの質問に答えた、それだけのことだ」マックスがいった。

「それならおまえは彼女《あれ》にこう答えなけりゃいけなかったんだ」クレマンは激しくいった。「馬鹿にしか神はいない。死、それは無だ。罰とか報いとかは人間の気紛れなでっちあげだと」

「なぜだ？」マックスは唖然としていった。

「まさか、おまえは俺たちの家庭に不和を持ち込みたいと願ってるわけではないよな！」クレマンはたてつづけにまくしたてた。「ところが、いまやロザリは夜となく昼となくああしたありとあらゆる繰り言で俺を疲れさせる……ひとつおまえにやってもらいたいことがある」

「なんだい？」

「おまえがでっちあげた幻想を解体してもらわなけりゃならん。俺の女房の頭におまえが蒔《ま》いた悪い種の息の根を、それとなくうまい言葉で止めてもらわなけりゃならん」

「それはできないよ」マックスが断固としていった。

「それじゃ」とクレマンは激怒して叫んだ。「おまえが勝手にいったことで俺は苦しまなけりゃならない。俺が軽蔑する意見のために責め苛まれなけりゃならないのだ！」

「ロザリがまたそのことについて僕に質問するようなことがあれば、彼女の質問をはぐらかすことだけは約束するよ」マックスが答えた。

「まあ、よかろう」クレマンはいった。「それから、俺がおまえの前で宗教に関する馬鹿げた幻想を嘲弄しても、おまえは黙って何もいうんじゃないぞ」

それから、彼らはフレデリック爺さんのことを話した。

「奴は何をしてるんだい？　いったい、奴は君の恋人に仕えてるのかい？」クレマンが尋ねた。

「ああ！」マックスが熱狂的にいった。「あの老人は本当に素晴らしい人だ！　彼は今六十歳だが、四十五年というもの労働で埋め尽くされていたのだ。店主が死んで自分の貯蓄をすべて失ったときにも、ひとことも苦情をいわなかった。デュコルネ夫人とその娘だけを案じたのだ。老人はこの二人の女性が自分の手助けを拒まぬようにし、有無をいわせずに彼女たちの召使《めしつかい》になったのだ。日中はずっとティヤール夫人の望みをなんでも叶《かな》えるようにしている。それだけでは飽きたらずに、夜になればおそらく、他人の帳簿をつけて稼いでいるのだろう、その収入の三分の二を二人の女性の荷を軽くするために使っている」

「そりゃ、老いぼれの愚か者だ！」クレマンはすぐさま、このうえなく軽蔑した様子でいった。

9　田舎で

ロザリが子供に会わなくなっておよそ四ヶ月がたっていた。絶えず子供のことを話し、死ぬほど子供を抱きたがっていた。日ごとに激しくなるこの願望のおかげで、ロザリはしばらくのあいだは、いくらか力を汲みとることができた。ある土曜日の夕方、ロザリと夫とマックスは、翌日三人揃って夫妻の息子が預けられているサン＝ジェルマンに出かけようと決めた。

出かけるときの妻の体調から判断すれば、この旅が惨めな結果に終わろうとは誰も予測できなかったろう。嬉しさのためにロザリの顔は健康を取り戻したように見えた。列車の速度《スピード》、すがすがしい大気、次々と眼前に現れる陽光に満ちた眺望はロザリの裡《うち》にいやがうえにも新鮮な感動を呼び起こし、うっとりとさせていた。蒼白い頬は赤く染まり、眼は喜びに輝いて顔全体を明るくしていた。ロザリは確かに生き返ったようだった。夫は明らかに興味のある顔つきで妻の変化を窺《うかが》い、強い喜びを示し、いつものことながら、あまりいただけない趣味の冗談でそれをいい表わしていた。マックスもまた喜んで二人の様子を観察し、クレマンとその妻とのいつにない穏やかで幸せに満ちた一日の前触れを感じ取っていた。

だが、驚いたことに——それはマックスを心底動転させたのだが——友人たちの幸福《しあわせ》の不足を充たし、それをさらに大きく発展させるものとばかり思っていたこの幸福の原動力が、突如そこでぷっつりと途絶えてしまった。まず、ロザリの裡《うち》のすべてが母性愛を前に姿を消した。乳母の家の敷居をまたぐや、彼女は息子の小さなベッドにかけ寄り、両の腕に息子を抱き締めて愛撫と涙の雨を降らせた。次いで顔色と成長とを見定めようとするかのように、熱っぽくまじまじと息子の顔を見つめた。窓から射し込む陽射しが息子の全身に降り注いでいた。熱心な母親の観察は、瞬く間に彼女に破局的結果をもたらした。彼女の顔はまたもや蒼白になった。眼は異様なまでに大きく見開かれている。茫然自失が、次いで恐怖が、その表情に拡がった。クレマンもまた突如として陽気さを失っていった。額にしわを刻み、眉を寄せ、陰鬱で不安に満ちた様子でこの光景を見つめていた。

生後十五ヶ月くらいになる子供は眉目《みめ》麗しいばかりか、その年齢《とし》にしては稀《まれ》な力を授かって生まれているように見えただけに、マックスは、目にしていることがよく呑《の》み込めないでいた。子供は薔薇色の頬と唇、大きな黒い瞳、筆で描いたような弓形の眉をもち、そのうえ、カールした絹のように柔らかい黒褐色の濃い髪は、顔色の抜けるような白さをより一層際立たせていた。

「見て！」ロザリが夫に子供を見せながら、弱々しい声で突然いった。

クレマンは子供を腕に抱き取って注意深くその顔を覗き込んだ。彼は疑いと恐怖の色を浮かべながら、すぐに子供を母親に返した。

「そんなことに頑固にこだわってるなんてどうかしてるよ」クレマンは顔を背けて口籠りながらいった。「断言するがおまえは間違っている」

そして、大股で部屋を歩き始めた。

「お子さまはとても可愛くていらっしゃるわ」乳母はわざとらしい感動を示していったものだった。「いうこともよく聞かれます。決して笑うこともなさいませんが、泣くこともなさいません。必要なものが与えられていれば、一言もおっしゃいませんし、身動きもなさいません、まるでじっと考えてらっしゃるかのようです」

この間《かん》、子供は父親と母親とを交互に凍りつくばかりの冷たさで眺め、こうして父母の苦悩をさらに募らせていった。クレマンはもはやそれ以上息子の視線に耐えられないかに見えた。

「さあ、さあ、おばさん」彼は乳母に横柄な調子でいった。「子供を受け取ってくれ、われわれは森へ散歩に行って来る」

ロザリは夫に愁《うれ》いと落胆に満ちた視線を投げかけた。

「なあに！」とクレマンは肩をすくめていった。「出かけよう！……」

散策の間中、見かけは冷静さを失わずにいたクレマンは何度も耐え難い沈黙を破ろうと試みた。だが、どうにもならない虚脱症状に陥っているロザリも、一連の出来事に強烈な衝撃を受けていたマックスも、クレマンに助け船を出さなかった。このときマックスが動揺していたのは、クレマンとロザリが子供に最初に対面したときの驚くべき無言劇のためだけではなかった。この子供を注意深く観察したことからいくつか思い当たる点があり、そのために輪をかけてマックスは動転していたのだ。記憶の奥底にはロザリの息子と同じ顔立ちが確かにあった。どこでそれを見たのだったろうか。どうしても思い出せなかった。それに、この子供は父親にも母親にもまったく似ていなかった。クレマンとロザリがブロンドに近い髪の毛なのに、この子供は漆黒の髪の毛であるばかりか、顔立ちも彼らとは似ても似つかなかった。それぱかりか、もっと驚いたことには、子供の美しい顔は感受性も知性も欠いていた。その顔はこのうえなく優しい愛撫を受けても白痴状態の無感動を保ちつづけていた。乳母の媚《こび》を売る態度にも子供は微笑《ほほえ》まなかった。その唇は、まるで心が押し黙っているかのように閉じられたままだった。子供は愚鈍そのものの無関心さで執拗にただ父親と母親とをじろじろと眺めているだけだった。マックスは子供が大好きだったが、つぶさに観察していて知らず知らずのうちに冷たさを感じたためか、接吻することさえ思いつかなかった。数々の衝撃的な印象が段階的に彼を襲い、クレマンの生活に重くのしかかっている謎について、一時はまどろんでいた彼の好奇心が新たな強烈さをともなって目覚めたのだった。

酒場で夕食をとった後、三人は乳母の家へ戻った。子供は眠っていた。クレマンは子供を起こそうとはしなかった。母親はわが子の額に接吻し、黙って涙でその額を濡らすだけで満足した。クレマンはこの子を愛撫することさえ忘れた。それほど急いでこの家を去りたかったのだ。馬車のそばまで来ると、マックスはクレマンがロザリにこういっているのを聞いた。

「どうしておまえはそんなに苦しむんだい。時がたてばあの子の顔はきっと変わるよ。それに、似ているといったってあんなのは、よくあるように、偶然としか思えないがね」

ロザリは苦しげに頭を振った。

出がけにはあれほど楽しくなるはずだったこの一日は、突然影が射し、最後は悲痛に打ち沈んで終わった。移動に疲れ、母性愛は報われず、重苦しい残酷な想念の重圧に打ちひしがれて、ロザリは家に帰るとすぐに痙攣《けいれん》の発作に襲われ、そのまま永い失神に陥った。やがて再び回復期が訪れ、今度は本当に治ったかと思われたが、結局はこれまでと同じことだった。もとの衰弱がまたもや彼女を襲った。時折、病がまだ奪わずにいた幾時《いくばく》かの休息はあったが、それは、これまでになく空《むな》しかった。病状は日ごとに、目に見えて悪化していった。

10　音楽の夕べ

　クレマンはいつもの音楽の夕べの予定を変えることなく、大きな夜会を催した。ロドルフは数年来、いわゆる若気の過ちを繰り返しつつ、ある小新聞[20]の文芸欄で自らの私生活の一部始終を気取った文体で叙述していた。この欄でロドルフは、限りない魅力と才気とをもって自分自身と他人《ひと》をからかう特権を思うがままに行使していた。この男にはウールの長靴下《バ・ド・レーヌ》［へそくりを隠しておく長靴下］ならぬ、それよりももっと多くの硬貨の入る皮革の長靴下《バ・ド・キュイール》と渾名《あだな》が進呈されてもよさそうだ。なにしろ彼は金属の音がするこの獲物を追い求めて多くの時間をつぶし、器用で巧みな才能を浪費して

20　『海賊=悪魔《コルセール・サタン》』紙を示唆している。解説参照。この新聞にはシャンフルリを首領とする自称〈レアリスト〉の他、『悪の華』の詩人、シャルル・ボードレール等が寄稿していた。

いたのだから。ロドルフの名がその小新聞の一隅で光彩を放っていたとき、あちらこちらの家では彼の成功を祝って祝宴が催された。

その間《かん》に、若輩ながら大変巧者な一人の劇作家が[21]、第三者の勧めでロドルフの連載小説を寄せ集め、その中から特におもしろい人物を選別し対話を抽出して、その知性《エスプリ》を圧搾機で搾り出し、多少とも魅力ある筋立ての五幕物の中に煎じ入れようと思いついた。そして、こんな演劇のごった煮《フィヤベース》がつい最近はなばなしい成功を収めたところだった。

クレマンが、自宅の食堂と仕事用の書斎をつなげて大きな空間とした客間《サロン》に、入り切るだけの人々を招いて祝宴を開いたのは、この芝居の成功を祝ってのことだった。

マックスが着いたときには、すでに多くの人々が集《つど》っていた。彼はいっしょにいた二、三の音楽家の友人をクレマンに紹介した。そのなかには、才能に富んだ即興演奏を繰り広げ、自作の楽曲がすでにいくつか出版されてもいて、作曲家としての未来をすでに約束されている一人のピアニストもいた。

次の瞬間、マックスは自分の目を疑った。ある人だかりに目をやると、あのド・ヴィリエその人がロザリとおしゃべりをし、熱心にご機嫌とりをしているのに気づいたのだった。こんなときマックスは刺激された不快な思いから気を紛らせるために、先ほどからと同様に、ティヤール夫人――その横にはデュコルネ夫人とフレデリック爺さんがいた――を眺め、招待客たちの容貌を順に吟味しつづけることを必要とした。

暖炉の傍らには、予審判事のデュロズワール氏が大理石のマントルピースに寄りかかって立っていた。この予審判事はいつも決まって黒い服と白いネクタイとを身に着け、おそらくは、ひどい痩身、黄色がかった顔色、目に見えないほど小さな灰色の眼、それにどこか謎めいた様子と死人のような声のためだろう、〈幽霊〉という渾名を頂《ちょう》戴《だい》していた。ゆっくりと話し、まるで吃《ども》るようにときどき文の途中でつっかえる癖があった――これはあまり弁が立たないことも原因のひとつだった――にもかかわらず、とにかく他人に興味を抱かせ感動させることができ、とりわけ話がひとたび自ら担当した予審の詳細に立ち入ると、途端にその力を発揮するのだった。

判事はそのとき一人の詩人[22]と語らっていた。この詩人は、疑いなく、非常に困難な

21　劇作家は、テオドール・バリエール（一八二三―七七）のこと。早熟で多作、性格描写に優れていた。『海賊＝悪魔《コルセール・サタン》』紙に掲載された「放浪芸術家《ボエーム》の情景」をミュルジェールとともに五幕物の演劇『放浪芸術家《ボエーム》の生活』に脚色。一八四九年十一月二十二日にヴァリエテ座で初演された。

思索に分け入る天賦の才能をもち、しかもその才能は、暖かみもあり、色彩にも富み、本質的に独創的で人間味のある、ゆるぎない詩魂《ポエジー》を排除することがなかった。

マックスはさらに数人の芸術家と文学者たちを目にし、なかには初めて見る女性も何人かいた。そのうえ、客間の扉が絶えず開いては、額縁の役目をし、入ってくる新顔をひきたたせていた。だが、祝宴の主賓はまだ現れてはいなかった。

ざわめきがその到来を告げた。ロドルフは一人の婦人とともにやって来た。肌は白く顔立ちも整っている。しかし、彼女には侯爵夫人という肩書から想像されるものはまるでなく、むしろ、美しい牡蠣《かき》売り女[23]を思わせた。年齢《とし》の頃は三十五歳ぐらい。豊満で太《ふと》り肉《じし》の体つきは、堂々たる大女の仲間入りができそうだった。暗赤色のビロード製デコルテは新品とはいい難く、タンプル市場[24]の顧客の目を惹く前に、すでに多くの姦婦《マルグリット・ド・ブルゴーニュ》[25]たちが袖を通したものにちがいなかった。そして、耳と首とベルトと手首とには、少なくとも重さ一キログラムにはなりそうな模造金や人造石の装身具がまとわりついていた。こめかみの両側の褐色の髪に付けられた髪飾りには豆や葡萄《ぶどう》の巻きひげが無数にぶら下がり、さらに二重の真珠の紐、軽やかな葉の付いた小枝、黄金色の葡萄の房、小さな薔薇の花の塊《かたまり》、桜の花、ヴーヴと呼ばれる白と紫の斑《まだら》模様のチューリップなどが飾られ、とても見事に毛髪と混じり合っていたので、頭はもはやミニチュアの果樹園のようだった。おそらくクレマンはこの下品な女性のおよそ教養のない話しぶりを耳にしたのだろう。彼女を認めるや恐れをなした様子でロドルフの前に駆けつけ、威嚇的な調子で、口早に小声でこういったのだ。

「あんな女を俺のところに連れてくるとは気でも狂ったのか。はっきりいっておくが、

22　『悪の華』の詩人、シャルル・ボードレール（一八二一―六七）を示唆している。
23　前掛け姿で車を押して牡蠣を売ったり、レストランの入口や街角で牡蠣の殻をむく「牡蠣売り女」は当時のパリ風物詩のひとつであった。当時、人々に親しまれたある牡蠣売り女の歌から想像される興味あるイメージが、十九世紀の『グラン・ラルース百科事典』に見える。「初々しくはないが若く、第一級の美女ではないが美しくはあり、円熟に近いああした若さをもち、太陽に愛撫され、ひょっとすると齧《かじ》られたかもしれないみごとな桃と同様、大変滋味豊かな美しさをもち、歌の中では少なくともその通り、現実にもしばしばそうだった」。
24　タンプル市場には、骨董屋、古着屋、古靴屋と種々の店舗が並び、雑多な品物が商われた。おしゃれな女性たちはそこで安価に装飾品や衣裳を買った。
25　姦婦たち＝マルグリット・ド・ブルゴーニュはルイ十世の王妃。王妃とその姉妹たちは、愛人と寝床を共にした後、彼らを虐殺したという。しかし証人は皆無だった。

俺はこれっぽっちの無作法も認めないぞ。もしその女が運悪く口を開くようなことがあれば、興味津々の野次馬どもに貴様がその女と結婚しているのだといってやるぞ」

ロドルフはなにもいい返さなかった。同伴の婦人に近づいて手を取り、ロザリに紹介し、それから肘掛椅子に座らせて傍らに寄り添った。

「愛《いと》しい貴女《あなた》」ロドルフは婦人の耳もとでそう呼びかけた。しかしそれは後ろにいたマックスに十分聞こえるだけの大きな声だった。「僕はベンガルの虎[26]よりも嫉妬深いんです。貴女が誰かをただ一瞥《いちべつ》しただけで、オテロ[27]と同じように振る舞うほど嫉妬深いんです。ですからお願いです、唇に錠をかけて、貴女の貴重な会話をすべて僕のために取って置いて下さい。もし貴女の頭の葡萄に魅《み》せられた狐が周りをうろついても、鳥の真似をして貴女の美しいくちばしを開いたりなどしないよう十分に気をつけて下さい。でないと、僕はデスデモナのように窒息させはしないにしても、メッサリナ[28]のように貴女と離別しますよ」

芝居の女王は微笑《ほほえ》んでロドルフに流し目を使い、頭をふって頷いた。すると彼女の頭は秋の風にそよぐ乾いた葉ずれの音にも似た響きを立てた。それで、ロドルフは少し安心し、立ち上がって踵《かかと》を軸にくるりと回るとマックスにいった。

「どう考えても、クレマンはモンティヨン賞[29]をねらっているか、品行方正な薔薇冠の少女の栄誉に輝きたいんだよ」

ロザリは、ご機嫌をとる大勢の客たちの真中で、笑顔を浮かべて幸せそうだった。だが、両肩、ウエスト、袖、スカートにレース飾りをあしらった明るい青色のサテンのドレスを身にまとってはいるものの、病的に白い肌、曇った眼、血の気のない唇のために、ルズュウール[30]の禁欲的な油絵を思わせた。

ロザリの傍らではまだ鉛筆の跡もペンの跡もない未使用の見事な記念帳が、黄金色

26　残酷、獰猛《どうもう》で知られる虎の王者のこと。フランス語では「虎のように嫉妬深い」、つまり、残酷、獰猛なまでに嫉妬深い、という意味で用いられる。

27　シェイクスピアの四大悲劇の一つ「オセロ」（フランス語ではオテロ）の主要人物。イアゴの奸計にかかり貞操を疑って妻のデスデモナを殺す。

28　ローマ皇帝クラウディウスの妃、ブリタニクスの母。愛人シリウスと陰謀を企てるが露見して自殺を命じられるが、その後、処刑される。

29　モンティヨン（一七三三―一八二〇）。法律家、慈善家、芸術や産業の育成に私財を投じ、操行賞や文学賞を創始した。

30　ウスタッシュ・ルズュウール（一六一六―五五）。フランスの画家、図案家、装飾家。

の表紙を輝かせていた。妻に気晴らしをさせることのみにひたすら心を砕く夫が、その夜会を利用して記念帳を名士たちの言葉で飾るといいといって、ちょうどその朝プレゼントしたのだった。ロドルフは、当然のことながら、ロザリが記帳を求めた最初の人物であり、彼は気持ちよく望みをかなえてその一枚に、おそらく近々刊行する小説の一つに予定されているのだろう、次の一文を書いた。

　この純粋な鳩は、超越的なプラトニスムの青い空を、ともに天翔《あまがけ》る一羽の野生の鳶《とび》の征服的な眼差しに魅せられるがままになった。[31]

　ロドルフが快く最初に記帳したことが幸いした。人々は手から手へと記念帳を回し、一時間もするとあらゆる種類の自筆文でどのページも豊かに飾られた。デュロズワール氏は先ほど、小説に関して白熱した議論を闘わせていたのだが、そのほとぼりがまだ冷めやらず、次のような考え、というよりむしろ毒舌を書いた後に、サインをした。

　小説家とはあらゆる事柄の座標軸を絶えず置き換えたがるトラブルメーカーで

ある。

二、三ページ先では、ある批評家によって次のような意見がとても見事に述べられていた。クレマンがこの批評家に、ジュヴネ[32]のものだとされる、『復活』の絵のために板《パネル》に描かれた下図を見せたのだった。

書家について、流れるような美しい書体をもつといわれるように、ジュヴネについては、画筆の赴くままに描いているといっていいだろう。

マックスがクレマンに紹介した、作曲家としての将来を嘱望される才能あるピアニストは、自筆の楽譜を記念帳に書き記した。三声部のカノンから成り、逆に読むと完全に規則的な別の曲になるものだ。そして、そのすぐ後ろに、先ほど判事と語らって

31　ミュルジェールの『マダム・オランプ』(一八五四年)の第四章中の一文。少し変えられている。

32　ジャン・バチスト・ジュヴネ(一六四四―一七一七)。画家、室内装飾家、ヴェルサイユ宮や大トリアノン宮の装飾を手がけた。

いた詩人が次の十四行詩《ソネ》[33]を空で憶えていて書き記した。

今宵　何を語ろうとするのか、孤独な哀れな魂よ、
何をおまえは語るのか、わが心よ、昔　萎《しぼ》んでしまった心よ、
この上もなく美しい、優しい、恋しい　この夫人に。
その聖《きよ》らかな眼が　忽然と心の花を再《また》　咲かせたのだ。

——われらは夫人をほめ称《たた》える歌を歌って　誇りとしよう、
そのなごやかに支配する権威に　勝《まさ》るものはない。
精霊のような肉体は　天使の馨《かおり》が芳《かんば》しく、
その眼は　われらを　光明の衣《ころも》の中に包んでしまう。

たとえば　それが夜であり孤独の中であろうとも、
たとえば　それが街頭で　群衆の中であろうとも、
その幻影《まぼろし》は　空中に　炬火《たいまつ》のように舞い踊り、

時おり語って、『私は美しいから、私を
愛するためには　ただ美のみを愛するようにと命令する。
私は守護の天使、詩の女神、聖母である』と幻影《まぼろし》は言う。

皆が書き終えるとロザリは、詩人や画家、音楽家たちが、散文、韻文、クロッキー、見事な筆跡の楽譜で記念帳をいっぱいにしてくれた好意にたいへん満足していた。その間《かん》、ロドルフはぴょんぴょん飛び跳ねながら、重々しく真面目な来客たちに陽気さを分かち与えていた。言葉の受け応えができる同業者を見つけると、舌をラケッ

33　ボードレールの無題詩。ボードレールはこの詩を一八五四年、無署名の手紙とともにサバチエ夫人に贈ったが、詩人の手によって初めて公にされるのは本作「赤い橋の殺人」の初版（『パリ評論』誌、一八五五年一月）より後の一八五七年『悪の華』初版が出版されたときである。詩の引用に関して、ボードレール全集の著者、ジャック・クレペは、二人の友人関係から推して、もちろん、ボードレールの同意のうえだったろう、と述べている。なお、詩の翻訳については、鈴木信太郎訳、ボードレール『悪の華』（岩波文庫、一九九〇年）から取り、新字体、現代かな遣いにした。

トに替えて言葉としゃれた言い回しとで羽根つき遊びをしていた。さらには、愛の言葉をあらゆる女性に、とりわけ頭に黄金色の葡萄の房を付けた同伴の婦人に贈っていた。婦人はひたすら飲み、食べ、笑い、頭を振っていたが、一言も口はきかなかった。

客人たちはときにおしゃべりを止めては、四重奏や三重奏、ピアノやチェロあるいはヴァイオリンのためのソナタか、はたまた歌曲といった、様々な音楽に耳を傾けていた。ピアニストは自分が演奏する番になると、ありきたりの凡人では身に着けようもない心くばりと慎み深さとをもって——というのも、凡人は演奏を求められると、まるで並外れた才能の持ち主であるかのように果てしなく嘆願されつづけ、ようやくそれに応えて弾き始めると、今度はもはや終わるところを知らずに演奏しつづけて、ついには早く切り上げてほしいと思われてしまうものである——さりげなくピアノの前に腰をかけ、あるグループの求めに応じてメンデルスゾーンの『無言歌集』中の数曲を弾いた。

人々はデュロズワール氏が担当した予審にまつわる出来事を聞いて楽しんでいたのだが、予審判事は話を中断してこの曖昧模糊《あいまいもこ》とした甘美な曲に耳を傾けた。マックスはといえば――その傍らにはクレマンが来て腰をかけていた――募りゆく侘《わび》しさと闘いながら、ティヤール夫人をじっと見つめることに次第に没頭していった。夫人の華麗な美しさは、夥《おびただ》しい照明と夫人を包む音楽的雰囲気とによって、新たなみずみずしい輝きを得ていた。マックスは羨望のなんたるかを知ってしまったらしく、この熱愛する女性の足元に友人のロドルフのような名声を捧げることができないことを辛く思ったようだった。

悪の道を選び、その理論に基づいて堕落した人間の常として、伝染病の特性を我がものとしたいと強く望むクレマンは、辛辣《しんらつ》で悪意のある喜びに活き活きとし、自らの悪魔的《メフィストフェリック》な哲学をより純粋なものにするためにかくも素晴らしい好機を逃さなかった。クレマンは目に映る光景の中に、自分の理論が明らかに正しいことの証拠を見つけたがっていた。おぞましい感情を露《あらわ》にした態度と語調とで会食者たちを一人一人手きびしくこまごまと批判し、まるで根拠もないのに、不幸と喜びとは申し分のない不公平さで各人に出鱈目《でたらめ》に配分されていると思うと語った。その矛先はついにロドルフに向けられた。クレマンの目には、ロドルフの幸運は不当としか見えなかった。次いで、無様で頭が悪く、家庭の母親でありながら、世にいう人の務めを忘れ、あの手この手でちやほやされて愚かな虚栄心を満足させている、あの下品で趣味の悪い女の批判に取りかかった。

「君は、彼女があれで羨望の的とでも思っているのかい」マックスはクレマンの言葉に苛立《いらだ》って遮った。「それをいうなら逆に、ティヤール夫人の気高い美質は夫のために彼女を犠牲へと導いただけじゃないか！……」クレマンはすぐさま応酬した。

マックスは軽蔑したように肩をすくめた。

「それじゃ」と、クレマンはひどく傷ついて続けた。「またぞろロザリと僕のことを話さなけりゃならないのか……前に話しただろう？　僕は金持ちになるだろう、そしてひとかどの人物にもなるだろうって。僕は間違ってたかい？　僕は評価されている。そのうえ社会的に重要な人物たちの友情も得ている。役人や司祭たちが家《うち》に足繁くやって来る。対応しきれないほど大勢の友達や追従者《ついしょうしゃ》たちがいる。あれほど僕を悪《あ》しざまに言っていた君の友達のド・ヴィリエから見たって、僕は尊敬されるべき人間になったのだ。その証拠にド・ヴィリエは世間の流れに引きずられて、家《うち》に来るのをもう嫌がりはしない。僕が妻を、立派な尊敬すべき家庭に連れて行けば、相手から喜んで迎え容《い》れられるのは確実だ。ところが哀れなマックス、君たちのように、僕らとは違う誠実な人間から見れば、僕らより卑劣なカップルはこの世にまたとはいまい。隠し事と偽善とが僕らの絶対的な護符なのだ。もし、いま僕が喉まで出かかっている恐るべき事実を口にすれば、天井が崩れ落ちるよりもっとすさまじい恐怖をここに引き起こすことになるだろう……」

クレマンはマックスに近寄り、さらに声を潜めて続けた。

「ロザリは君がいま見てるようにいつも小心だったわけじゃない。僕は彼女《あれ》の蠟《ろう》のようにどうにでもなる性格を利用して、僕の型に合わせて寸分違《たが》わず作りあげたのだ。あるときなど、彼女《あれ》は僕よりも頑強に神を信じようとしないことが分かったし、悪に関しては僕など子供に過ぎないことを証明してみせたよ。それを話せば、僕がやむなくティヤール=デュコルネの所で仕事に就こうとしていた時代にまで遡らなければなるまい。当時、僕らはビュシ通りのむさ苦しい宿に寝泊まりしていた。世間からは嫌悪され、非難の的となっていた。仕事を得るために不毛な奔走に肉体を磨り減らした僕は、悲痛な身の上話と嘆願とをしたためた手紙を二十通も書いたが、まったくの徒労に終わった。最後の一滴まで搾り取られた僕の想像力からは、もはや方策らしいものも抽出できなかった。寒さにがたがた震え、空腹で死にそうになって、ロザリと僕は絶望の淵で互いに見つめ合っていた。

突然、僕らは同時に恐るべき方策を思いついた。今でもそれを思うと身の毛がよだつ。君を憤慨させて楽しんでいるわけじゃない。上辺《うわべ》の姿ではなく、あるがままの姿を見せようと思っているだけだ。その方策に僕が尻込みしたので、ロザリは自由に振る舞った……これ以上何をいえばいいんだ。血の気の引いたところを見ると君は分かったようだ。その夜僕らは仲むつまじく食事をした、[34] だがその夜だけだった！ そうして僕らにはある激しい苦痛、耐え難い不安が生じた。貧窮ほど不正でおぞましいものはないことは論を俟《ま》たなかった。だがこの不安はとても耐え難かったので僕らはたちまちこの忌まわしい企てを諦めなければならなかった……」

マックスはうつむいて石のように身動きせず、恐怖で息が詰まりそうになり汗をかいていた。だが同時に、今しがた聞いたことは、マックスにとって一条の光でもあった。ロザリの生活を毒し、それを絶えず死の苦悶に化してしまう後悔がどこから来るのかその原因をつきとめることができたとマックスはついに確信したのだ。そして、夫がこれほど臆面もなく告白する堕落に少なくとも気づいている不幸なロザリに対して、マックスは測り知れない憐憫の情を覚えていた。

34　男女が夜、食事を共にする、とは一緒に夜を過ごすことの直接的表現を避けたいい方。クレマンは、ロザリがそれから始めた売春を暗に仄めかしている。貧困と売春は当時、フランス社会の大きな問題であった。

11　奇妙な幕間劇

その間《かん》、広間《サロン》では、どうあってもクレマンが沈黙せざるを得ない、ある静けさが徐々に生まれつつあった。来客たちのあいだにはすでにかなりの空間が目立ってきた。ロドルフと同伴の婦人、ド・ヴィリエをはじめ多くの来客は姿を消していて、そのため先ほどまでの大勢の客人は今では二十人ばかりに減っていた。ピアニストは『無言歌集』の楽譜を閉じてしまってはいたものの、まだピアノの前に留《とど》まって即興で演奏していた。その演奏を聴いていた客たちもいつの間《ま》にか話をする予審判事の周りに移動し、彼を取り巻く聴衆の輪を膨らませていた。

緩やかで厳かな判事の声は、周囲のおしゃべりが徐々に小さくなるのに反比例して次第に大きくなってゆき、ついにはごく小さな囁き声を交わす人もいなくなってきた。こうして声はピアニストの耳にまで届き、彼は、弱音器《ソフト・ペダル》で弦の音を押し殺し、思わず知らず曖昧模糊とした音響《ハーモニー》の中に自らをかき消しつつ、しだいに募る関心をデュロズワール氏の物語に向けていた。

「あくまでも私見ではありますが」と判事がいった。「人々は、われわれ予審判事とその指揮下に置かれた警官との敏腕ぶりを余りにも褒めそやしすぎます。もし捜査を自力でのみ行わざるを得ないとすれば、われわれは多くの事件において刑の宣告に必要な情報を集めることができないでしょう。犯人というものは、なにかしら度し難い不手際をしてしまうものだなどという人たちもいます。しかし彼らがなんといいましょうと、誓って申しあげますが、われわれよりはるかに優れた烱眼《けいがん》の士をさえ過《あやま》たせるような犯人がいるものなのです。こうした犯人のなかには、時として自分の領分で天才的な才能をもつ者がいます……」

この語り出しに、クレマンは失神しそうに驚いた。突然半睡状態から覚醒した人のようにびくっとして、不安に満ちた視線を判事に注いだ。

「私が永年たずさわっています職業とその経験から断言できるのですが」とデュロズワール氏は続けた。「模範的な警察をもってしても――おおげさな言葉を使わなければならないのですが――もし奇跡的な幸運に恵まれなければ、多くの犯行が罰せられないままになっていることでしょう。このことを証明する私の数多くの事例のなかから、つい最近あった興味深い一件をお話ししましょう……」

デュロズワール氏は能弁家として皆から拍手喝采を受けたかったわけではない。彼自身まったく気づかないうちに、とても多くの人が彼の話に耳を傾けていたのだった。いったん話し始めると、彼は記憶を呼び戻し、諸々の思考に脈絡をつけ、それを表現することが一苦労なので、ただそのことのみに気を取られ、周りで何が起こっているのか分からなくなっていたのである。それは、法廷の書記官が裁判官を前にして告訴状をそらんじているような、正確を期した素朴な話しぶりであった。彼が語った一件は以下のようなものである。

「十二区の薄暗くてむさ苦しい大きな家の間借人、ルケーヌという名の七十五歳の老人が、数日来、隣人に見かけられなくなっていました。この区の警察署長が警官たちと鍵屋を伴って現場に赴き、捜査に取りかかりました。錠前をこじ開けて中に入ると、扉の傍《そば》に鍵が落ちていました。すでに腐敗が始まっている死体と火の消えたコンロを見て、われわれはルケーヌが自殺をしたものと直ちに確信しました。この確信をいっそう強めたのは、室内のものすべてがひどい窮乏状態を示していたことでした。この老人については他の見方は考えられませんでした。民生局に登録され、公然と他人の施しで生活し、みすぼらしい風采の、疑い深く口数の少ない老人は、他人にいささかの関心も抱かせませんでした。家族はあったにしても誰も知りませんでした。ルケーヌ老人は身元不明の死体公示所へ運ばれましたが、誰も老人の引き渡しを要求する者はいませんでした。彼についてはとりたてて問題はなかったのです……」

クレマンはデュロズワール氏がその先を話すのを遮りたかった。頭のおかしい人間のように突然立ち上がり、人々にぶつかりそうになりながら、来客の間を突っ切って、大きな音を立てて足早に歩き、荒々しく水を一杯持って来いと大声で叫び、次いでピアニストのほうを向いて何か弾くように頼んだ。しかしクレマンのその行動は、いくらか人を驚かせただけで、話し手に耳を傾ける人々の注意を一瞬妨げたに過ぎなかった。自分が起こした騒ぎの釈明を求めるような視線に射すくめられ、彼は頭《こうべ》を垂れ、意気消沈し、不安げに元の席に戻って友人の傍に腰を下ろした。一方、判事は平然と言葉を続けた。

「二年後、サン・ジャック通りに居住し、界隈ではデュランおばさんの名でよく知られていた六十歳を過ぎた女性が、午後三時に室内で絞殺され、盗難に遇いました。その部屋は、日中絶えず人が食事に訪れる一軒のレストランと仕切り壁で隔てられているだけでした。

レストランの通りに面したガラス窓にはカーテンがなく、外からは左手にカウンターと右手に料理用のかまどが見え、その奥にはテーブルが置いてありました。かまどの火の上では鍋から普段通りの匂いがしていました。客たちは店のおかみさんを待っていて、彼女の姿が見えないので苛々していました。大声でおかみさんを呼んだり、ナイフでコップを叩くことに疲れて、客のうちの二人が隣の食料品屋に、長いあいだ姿を見せない女主人は一体どうしたのかと訊《き》きに行きました。食料品屋は、老婆は奥の部屋で突然気分が悪くなったのだろうと推測しました。客の職人たちをそのままにして食料品屋が思い切って彼女の部屋に入ってみると、まさに予想したとおり哀れな老婆が床に仰向けに倒れているのを発見しました。しかも、もはや息があるようにはとても見えなかったのです。片方の手には鍵束がぶら下がり、もう一方の手には二十フラン硬貨が握られていました。また、身体《からだ》の方向からは、倒れたときに洋服だんすを開けに行こうとしていたことが分かりました。もう一人の隣人（職業は菓子屋）がかまどの火を消しているあいだに、人々は医者を呼びに走りました。医者が二人、相次いでやって来ました。最初の医者は大急ぎで死体に一瞥《いちべつ》をくれるとすぐに、突発性卒中による死亡と診断しました。しかしこの医者ほど急いではいなかったか、あるいは彼よりは良心的だったのか、後から来たもう一人の医者は注意深い検死の結果、顔と首に暴行の跡を認め、この老婆は首を絞められて死んだものと断定し、死亡証明書に記載しました。捜査は続きました……」

判事はここで一息つくために間《ま》を置いた。悪夢が皆の胸を締め付けているかと思われるような沈黙が生じた。少なくとも、デュロズワール氏の話が引き起こした強い関心と印象の強烈さをおし測ることはできた。

「千フランが」と判事は続けた。「老婆のたんすから消えていたのです。犯行現場で見つけられた青い薄布の上っ張りが、殺人者かつ泥棒がそこにいたことをもの語っていました。検察局に呼び出された二人の隣人、食料品屋と菓子屋は、女主人を発見しようとしていた時刻に、レストランに残って大声を上げ、食事を早く出してくれないのかと荒々しく要求していた不審な男の身体的特徴を検察に話しました。二人の証言者にとってこの男は初顔で、その顔立ちの冷酷さとおかしな身なりから忘れ得ぬ印象を受けていたのでした。黄色っぽいコーデュロイのハンチング、赤褐色の厚手の毛織物のジャケット、縞模様のズボンがいまだに目に浮かんできました。この特徴は刑事たちにも伝えられ、彼らはすぐさま捜査を開始しました。

近所にいくつかある居酒屋に散った刑事たちは、間もなく通報された人物に紛れもなくそっくりの男を捕えました。男に面通しした証人たちは確かにこの男に見覚えがあると思いましたが、証言はあくまでも留保つきでした。そのうえ、この男は逮捕に驚愕して、嫌疑をかけられている犯行を強く否認し、事件のその後の経過にはすっかり安心している様子を示しました。応答はすべて正確で疑いをはさむ余地がありませんでした。この男の名前はバンヌといい、結婚して皮なめし工の家で働き、ノワイエ通りに住んでいました。住居の臨検が行われましたが、家の中は裕福な空気に満ちていました。嫌疑のかかるものとしては、引き出しの下着類の下に隠された総額四百幾フランの金が見つかっただけでした。彼の妻はこうした家宅捜索に最初昂奮《こうふん》していたものの、この金は自分たちの貯金だと躊躇《ためら》わずに答え、バンヌも同様の回答をしました。その界隈に散らばった警官たちは二人の夫婦について聴き取り調査をするとともに、バンヌの親方も聴取しました。そして、バンヌ夫婦は豊かな暮らしをし、なんでもしたい放題をし、すべてを現金で支払っていると分かりました。その一方で、バンヌはせいぜい週四日しか働かず、一日に多くても四フランしか稼いでいませんでした。だから、そんな稼ぎで、なぜこんな大金を貯金できるのか、ともかく大きな驚きと疑問を抱きました。ですが、現在から過去を単純に推測し、今日ほとんど働かないからといって、過去にもあまり働かなかったと結論することもできませんでした。それに、バンヌが現場にいた人物と同一人かという点において、証人たちの証言はそれまで以上に曖昧でした。結局、バンヌはアリバイが証明されて、釈放されました……」

クレマンからロザリへと絶えず交互に目をやっていたマックスは、彼らが今や極度に精神を緊張させてこの重罪裁判の委細に逐一聞き入っているのが分かった。この話はことにロザリに対して強烈なショックを与えたらしく、彼女はそれに打ち勝とうと空しく努力していた。その表情には不安、苦悩、恐怖の色が刻一刻とより濃くなっていった。

「裁判[35]ではしばしば」とデュロズワール氏がつけ加えた。「完全に疑いが晴れたとは

35　予審判事は捜査にもとづき、裁判が可能かどうか判断するための予審をする。検察側は犯人を拘束したり、釈放する権利がある。法廷には予審判事を含めた裁判官と検事がいる。

思えないのに、検察側から容疑者が釈放されることがあります。ちょっとした財産の出所に関するバンヌの説明は、いささかも私を満足させなかったので、すぐさまこの男を監視しつづけようと腹を決めました。私は非常に簡単な方法を用いました。数ヶ月間、気づかれないように、バンヌの日課と労働時間と出費について、毎日部下に厳密な日誌をつけさせたのです。資産と負債のバランスを吟味し、当然財産が使い尽くされたと確信したとき、私はふいにバンヌの家に踏み込みました。

私は驚きを隠すのにいささか苦労しました。同じ家具の、同じ引き出し、同じ場所に、最初の捜査で見つけた金額より金貨を二、三枚多く発見したのです。夫婦は今度もまた『それはわれわれの貯金です』と答えました。しかし私は即座に調書を手に、私の行なった収支計算を突きつけて、二人を真っ青にさせてやりました。『バンヌはしかじかの時間働き、しかじかの給料を受け取り、稼いだよりずっと多くの金を使った。それ故まさに、二足す二がもはや四にならないのでなければ、夫婦には貯金があるはずがないばかりか、必然的に借金を負っていなければならない』。妻のほうは返答に窮していました。一方、妻より悪知恵の働く夫は貸した資金がすぐに回収されたのだと主張しました。誰に貸したのか？　ある友人に。その名前は？　バンヌは友人の名前を一つでっちあげました。その友人はどこにいるのか？　旅行中。馬鹿にした話でした。しかしながら、張り込みによって、わが容疑者がその間、なんら悪事を働いていないこともまた、われわれは知っていました。それゆえ、二足す二は四という論理がもはや論理でないか、さもなくば、他所《よそ》を探さなくても、とにかくバンヌは、私がいるまさにその部屋のどこかに尽きせぬ金の鉱脈をもっているにちがいありませんでした。

私は、引き出しをひっくり返し、ベッドのマットレスを丹念に調べ、家具をすべて動かすよう指示しました。そして私の予測が正しいことを確認し、いい知れない満足を覚えました。重い家具で隠されたある羽目板の中には小さな隠し場所が雑に作られていて、その奥にはおよそ九千フランの金が、一部は金貨で、一部は紙幣で隠されていたのです」

クレマンの顔は蠟《ろう》でつくった顔か、はたまた、ペンキを塗った立像のようにも見えた。ロザリは蒼《あお》ざめて、死にそうなほどの気分の悪さと闘っているようだった。ティヤール夫人が心配して、ときどき彼女のほうに身をかがめて具合を確かめているのが見えていた。

「二人とも逮捕され、別々に独房に入れられ」予審判事は再びひと呼吸おいた後に語を継いだ。「夫婦は長い間、徹底して黙秘を続けました。しかし妻は夫ほど冷酷で動じない性質《たち》ではありませんでした。孤独の中で、意志の強さは少しずつ弱まっていきました。そして二ヶ月とたたないうちに重態に陥ったのです。私の指示で彼女には惜しみない看護が施され、彼女の房を刑務所付司祭が頻繁に訪れました。悔恨がこの不幸な女の麻痺した心の壁をついに突破し、女の裡《うち》で恐るべき葛藤を引き起こしていました。絶望による極度の衰弱状態にあって、ときには嗚咽《おえつ》に息を詰まらせて独房を悲惨な嘆きで満たしつづけました。歪んだ表情、くぼんだ眼、痩せこけた姿を見て、私は女が秘密を墓場の中にもって行くのではないかと心配し始めていました。ところが、そんなことになるとは露《つゆ》ほども期待していなかったある日、女が私を呼びに来させ、滝のように涙を流して深い悔恨の印《しるし》を示しながら打ち明けたのです。そうなのです、だがしかしその内容は私が予想だにしなかったことだったのです……」

ロザリはまるで蛇に臓腑を咬《か》まれたかのように痙攣《けいれん》的に身を動かしていた。一方、クレマンはといえば、このとき彼には地下のマグマのような昂奮がはっきりと見られ、今にもその炎を爆発させるかに見えた。話が結論に近づくと、デュロズワール氏は力強い口調と悲愴な身振りを交えて大団円《クライマックス》の効果を強めて行った。判事はいった。

「皆様方は、おそらく、私自身がそのときまで信じていたように、バンヌがサン・ジャック通りの犯罪の片棒を担いだと推測しておいでででしょう。そこに間違いがあったのです！　バンヌには老婆殺しに通じるものは何ひとつなかったのです……。

ところが、自殺と見なされたあのルケーヌ老人を思い出して下さい。彼は欲張りでした。この話は至極ありふれたものです。公然と他人の施しで生活していたのは、ちょっとした自分の財産を守ると同時に、それをさらに増やしもする、二重の目的をもっていたのです。バンヌ夫妻はこの老人の隣に住んでいました。ルケーヌの家から幾度となく夜中に鳴り響く軽快な金属の音は、彼らの裡《うち》に御し難い所有欲を目覚めさせたのです。この犯罪は非常に簡単に思えたので、二人は誘惑に屈しました。妻はときどきスープやカップ一杯のハーブティーを老人に供し、それを受け容《い》れさせるほどに老人を手なずけることに成功したのです。ある夜、なにかの液体に強い麻酔薬を溶かして老人に飲ませました。夫婦はルケーヌの眠り込んでいる隙に家に侵入し、寝台のマットレスの隅に隠してあった財宝を奪い、あらゆる出口を塞《ふさ》いで二つのかまどに火をつけました。次いで彼らはそこを出て錠前の鍵を二重にかけ、この鍵を扉の下に滑り込ませたのでした。その後のことは皆様が推測なさるとおりです。

しかし、この偶然をどう考えましょう。摂理のという形容詞をつけ加えるのは行きすぎでしょうか。ルケーヌ事件については二年が過ぎ、この犯罪は永久に迷宮入りのように見えていました。誰もが認めるところでしょうが、数ある犯罪者のなかでも、ルケーヌ老人の死については、バンヌは当然誰よりも罪の咎を受けることはないと考えることができました。ところが、違ったのです。何とも不思議な偶然の連鎖によって、犯さなかった犯罪のために逮捕され、人間の裁きからは永久に免れると思われた殺人の罪を認めさせられたのです……」

「ああ」この最後の言葉と同時にティヤール夫人が叫んだ。「ロザリさんのお加減が悪いわ！」

なるほど、ロザリはぞっとするばかりに蒼白となり、眼を閉じ頭《こうべ》を垂れて頽《くずお》れ、死を思わせるあらゆる徴候を示していた。

クレマンは身を躍らせた。妻の周りで押し合う人々を一気にかき分け、コルクのように軽々と両腕に妻を抱き上げ、後をついて来るなと威圧的に合図をして自分の寝室に突進した。

パーティーは今や、黒いヴェールのようなものに被われていた。誰も彼もが、悲しみに沈んだ様子で顔を見合わせるしかなかった。特に予審判事は、この痛ましい出来事を引き起こしたことを気にして、当惑の気持ちを率直に表わしていた。

寝室の扉が開いた。と、すぐさま判事はそこへかけつけた。彼は一人で戻って来たクレマンと危うくぶつかるところだった。二人は向き合って同時に立ち止まった。動かず、硬直し、無言のまま、二つの自動人形さながらに、しばし相手の顔を、眼を、互いに見詰め合った。二人を横から見ていたマックスは、クレマンの表情の奇妙な動きに気づき、貪欲な好奇心をもって観察した。大きく見開かれ、一点を凝視するその眼は恐怖に満ち、鼻翼は破裂しそうに膨らんでいた。喰いしばった歯はカチカチと鳴っていた。ついには、汗が噴き出し、いかに頑健だとはいえ、衰弱して今にも倒れそうだった。しかし、クレマン自身は気づいていなかったが、彼を正面から注視する人々には、眼鏡のレンズに明かりが反射して、彼が苦痛に襲われている様子は見えなかった。ともかくデュロズワール氏が取り調べのようなものをしようなどと考えるどころでなかったことは確かである。判事はロザリの様子に胸を痛めて狼狽し、一時的にものもいえないでいた。だが、それもせいぜい十五秒だった。判事は再び言葉を見つけ、憐《あわ》れみのこもった様子でこう尋ねた。

「ロザリさんはいかがですか」

「先ほどよりは落ち着いています」クレマンは胸一杯に空気を吸い込んで答えた。

「パーティーが長くなり、この部屋の熱気に当たって彼女《あれ》は参ったのです」クレマンはつけ加えた。「今は眠っています。明日になればもう忘れているでしょう」

こんなほっとさせる言葉にもかかわらず、広間《サロン》には急速に白々しさが拡がった。退出しようとする騒々しい一群からこんな言葉が漏れた。

「首吊り人の家で綱の話は禁物」

「誰のことをいってるんだ」怯えた様子でクレマンはマックスのほうを振り向いていった。

居残っていた幾人かの青年も間もなく退出した。クレマンは再びマックスにいった。

「あのデュロズワール氏ほど自分の職業に心酔している人間を見たことがあるかい。一人の老爺《ろうや》の殺人犯を見つけ出すために哀れな老婆を殺すなどという神の摂理とやらを君はどう思うね」

こういいながらクレマンは微笑を装っていた。

「クレマン」とマックスは深く沈んだ様子でいった。「せめて白状したまえ、今夜君は恐ろしく苦しんだってことを」

「ふざけないでくれ！」クレマンは激しく応酬した。「どうしてだい？　あの馬鹿げた話で僕がどうなるっていうんだ。それに、その気になりさえすれば、僕は苦しみの中で、自ら進んで快楽的な死をとげる意志すらあるんだ。僕は苦しみたくはない！　これからも決して苦しみはすまい!!……」

12 恐るべき子供

この頃から、ロザリは日に日に衰弱していくばかりだった。それでもまだいくらか希望をもっていたのは医者だけだった。人間とはほぼ完璧な一種の機械に過ぎず、病気とは人体のしかじかの器官に損傷や疾患が生じることでしかないと考える類《たぐい》の一人として、実のところ、この医者は最初は当惑を隠せなかった。患者の憂慮すべき症状のため打診と聴診を繰り返したが、驚いたことに、患者の体の様々な歯車にはいかなる衰えも見つからなかった。心臓、肺、腎臓等々は最も優れた時計の精確さで機能していた。この医者は非常に正直で、決まりきった処方箋を出すこともできずにいたが、さりとて自分の生理学的理論が間違っているとも考えられず、触診でも悪い所が見つからないので、何も疾病はないと診断していた。だがある日、これまでになく当惑した医者はおずおずとではあるが魂が病んでいるのかもしれないと思い切っていってみた。「では、彼女《あれ》に薬をやって下さい」とクレマンはすぐさまいい返した。皮肉な言葉に感じやすい医者は、病巣はなく、したがってなんら治すべきものはない、という最初の診断に立ち戻った。二年の間にロザリの病状はますます悪化した。だが医者は同じことをいいつづけた。ついにロザリが死にそうになると、さらに前よりも一層激しく頑強に、ロザリの体は百歳までも生きられるようにつくられている、だから必ず健康を回復するだろうと繰り返し主張した。そして、休息し、辛抱強く待つことに加え、できるだけ滋養に富んだ食事を心がけるよう勧めるだけにした。

クレマンは医者の主張を全然信じてはいなかったが、それでも、都合のよい口実をつくるために医者の指示を巧みに利用し、以後はもう夕べのパーティーを開かず、交際する人々の数を次第に減らしていった。クレマンがいくら見せまいと努力をしても、上辺《うわべ》の平静さの下に身を苛《さいな》む不安、耐え難い苦悩を押し隠していることは今や疑いを入れなかった。クレマンは二十歳の若い恋人、六十歳の年老いた恋人さながらに、ただひたすら熱心に妻を見張っていた。ティヤール夫人や、マックスや、ロドルフが妻と二人だけでいることは許したとしても、もういかなる司祭にも、ポンソー司祭といえども、妻に近づくことを許さなかった。他の事であれば、ほとんど何もかもロザリのいいなりになったが、ことこのことについては頑として受け入れなかったのだ。永い間過ごしてきた信仰の場に、妻をそのままに置いておこうとは決めていた。だが、神や来世の人生、あるいは、そんな類の想念にまつわる気懸りを、妻がうっかり何かのそぶりに少しでも出そうものなら、夫は最初は皮肉をいうだけであったが、次第に激怒へと変わり、昂じて乱暴を働きそうになる恐ろしい衝動から逃れるために、しばしばその場から遁走《とんそう》する他なかった。要するに、不和が絶えず増大しつづけていたこの家庭は、今日ではもはや地獄でしかなかった。

今もまだクレマンの家を訪れる人のうち、マックスだけが十分事情に通じていて、こうしたことすべてに気づくことができた。もし好奇心――この好奇心を満たそうとする強い欲求は偏執狂じみてきた――がなければ、この友人とて二度とその家に足を踏み入れなかっただろう。そこで目にする光景はそれほど彼に苦痛を与えていたのだ。これまでにあったことや、絶えず眼前で起こることすべてから、いわば劇的《ドラマティック》な謎が生じ、マックスはその謎をなんとか解き明かしたいと思っていた。そして絶え間なく発見する細々《こまごま》した事実は彼の中に著しい恐怖を生んだにもかかわらず、それでもそれらを貪欲に情熱的に収集し、とりまとめては記憶にとどめていた。

そんなとき、ティヤール夫人がまた体調をくずした。以前ほどではなかったものの、数日間床に臥《ふ》せっていなければならなかった。マックスは募る恋情に駆られて、夫人のベッドの傍《そば》でたっぷり幾時間かを過ごすという厚遇に与《あずか》ることができた。これまで一度も恋人の寝室に入ったことがなかったから、とても強い関心をもって室内を観察したのはごく自然なことだったろう。突然マックスには、ベッドからは見えなくて、普段は陰になっている壁の一箇所に、一枚の肖像画がかかっているのがちらっと見えた。はっきりとは見えなくとも、マックスはそれに大きな衝撃を受けた。抗《あらが》い難い衝動に屈して、彼はすぐさま立ち上がり、もっとよく見ようと近づいた。

この肖像画をはっきりと見たマックスは仰天して立ち止まり、かすかな驚きの声をあげた。非常によく描かれたこの肖像画は、まだ若い男のものだった。顔色の蒼白さ、眼の表情、美しい唇の形、長くて自然にカールした黒い髪のために全体としての印象は魅力的だった。だがこの柔和な顔立ちは、注意深く経験に富んだ人だけがはっと気づくような一種残酷なニュアンスも合わせもっていた。この顔立ち、この眼、この表情、つまりこの肖像画の顔は、クレマンとロザリの生活の中でこの日までマックスを驚かせ不安にさせてきたこととはまるで別次元の、異常で不可解な新事実の発見であった。マックスは一瞬こう思いたかった——あの子供、たった一度しか見たことがないあの子供とこの顔とが似ているったって、実際ほとんど似てないじゃないか。それなのに似てると思うなんて自分のほうが、感覚か記憶に欺かれているのだ。しかし、もう一度細心に眺め、長々と考えた末、思い違いはあり得ず、この驚くべき事実は疑う余地がないと分かった。動転し、恐怖に怯えたマックスは恋人のほうを振り返った。夫人は、マックスの無言の所作が理解できずにじっと彼を見つめていた。「この肖像画は」とマックスはせっかちにいった。「以前は食堂にありませんでしたか」。ティヤール夫人は肯定の身振りをした。「そうなんです」。マックスは考え深げにすぐに応えた。「僕はこの肖像画を見たのをよく覚えていたんです。しかしどこで見たかを思い出せませんでした」。マックスはそれ以上何もいわなかった。ティヤール夫人は、マックスがどうしてそんな質問をしたのか聞きたくてたまらなかったのにその答えを得られなかったのでいろいろな推測をせざるを得なかった。他人の行為を、自分の欲求に都合がいいように解釈してしまうよくある過ちに陥り、ティヤール夫人はマックスがそれを見れば必ず不愉快になると信じたために——実をいえば、マックスはそれにほとんど注意を払っていなかったのだが——自分の夫の肖像画を食堂の壁から取りはずしておいたのだった。そして自らの誤った解釈を変えるどころか、さらにそれを増幅させたのだ。というのも——夫人はすぐ後でこう告白したのだが——マックスが動揺し、続いて意気消沈したのは、とりもなおさず彼女がすでに推測したとおり、自分の過去に対する嫉妬のためだと夫人は考えてしまったのだ。

それから三週間ばかりたって、ティヤール夫人、夫人の母親とフレデリック爺さん、マックス、ロドルフ、ド・ヴィリエ、それに他の二、三人がある夕べにクレマンの家に集まった。あの大きな夜会以来、これほど多くの客が同時に会したのは初めてだった。キャスター付寝椅子[36]に力なげに横たわっているロザリに一同はただひたすら心を配っていた。ロザリはこの特別な好意にことさら感動しているようで、ときどき乾い

36　両端のうち一方だけに背もたれがついたキャスター付寝椅子。キャスター付寝椅子は十九世紀末には存在したが、一八五五年にすでに完成し普及していたかどうかは不明。おそらくは考案段階、または改良段階であったと考えられる。未来の発明物、もしくは発明されつつあるものを作品中に登場させる発想は、後の一八五八年に発表される「空想科学小説《サイエンス・フィクション》」の一作品の出発点と考えられる。15章188ページに見る赤い橋《ポン=ルージュ》が鉄鎖で吊った吊り橋として登場するのもその一例である。

た血の気のない唇に微笑《えみ》の弧を刻んで感謝の気持ちを示していた。衰弱するばかりで何事にも興味をもてない自分自身のため、というよりはむしろ、夫がなによりも好む気晴らしをさせようと思い、ロザリはティヤール夫人とマックスにぜひとも何か少し演奏して欲しいと強く頼みさえした。しかし、クレマンの好みを大切にしようと思うこの行為は、彼女の力の限界を超えていた。心に滲《し》み入るヴァイオリンの響きはロザリの肉体を痛ましく震動させ、傷口に注いだ酸が全身に滲みわたるかのような苦痛を彼女に与えた。マックスは曲の三分の一辺りで止《や》めざるを得なかった。クレマンの指図でマルグリット婆さんが間に合わせの軽食を出した。その夕べは悲しいものになってしまったが、少なくとも静かな悲しみの夕べだった。掛け時計がすでに十二時を示していた。ロドルフ、ド・ヴィリエ、次いでフレデリック爺さんが暇《いとま》乞いの挨拶をした。彼らが立ち去ろうとして一瞬しんとなったとき、突如扉《ドア》の呼鈴《よびりん》がけたたましい響きを立てた。ロザリとクレマンはぎくりとした。

「来訪の時刻《とき》には遅すぎるようだが」クレマンは柱時計を見やりながら心配そうにいった。

老婆のマルグリットが入って来た。クレマンが強い声で詰問すると、「奥様のお子様と乳母が一緒にお見えです」と答えた。ロザリは喜びと受け取れる叫び声を上げ、立ち上がろうとしたが、すぐ椅子の背に倒れかかった。その熱を帯びた身振りと、顔の輝きとは彼女が異常に昂奮《こうふん》していることを示していた。妻の絶えざる願いとは逆に子供がサン・ジェルマンにいることを望んでいたクレマンは、苛々した様子でこういいながら、直ちに玄関へ向かった。

「どういうことだ」

だが、乳母は老婆のすぐ後について来ていた。クレマンが客間から出ようとしたちょうどそのとき、乳母が子供を抱いて入って来た。クレマンは怒ってしばらく乳母の顔を睨んだ。そして、彼女のような気丈な女性でなければ震えあがるような調子でいった。

「誰がこの子を連れて来いといった」

「おお、旦那様」乳母は一歩も退《ひ》くことなく矢継ぎ早にいった。「あなたのお子は、もうどうしていいか私にゃ分かりません。一ヶ月前から、昼も夜も泣きつづけてお母さんを呼びつづけています。朝から晩まで野良で働いて疲れている私の哀れな夫は眠ることもできません。私ももう疲れ切ってるんです、もう、うんざりです。一ヶ月にまるまる百フラン下さろうったって、もうこれ以上は旦那様のお子をお預かりしたくはありません。引き取って下さい……」

クレマンは茫然自失となった。

「私にその子をちょうだい！」ロザリが突如抗い難い愛しさにつき動かされて叫んだ。

乳母は満足げに「ほら、あんたのお母さんよ、可愛子《かわいこ》ちゃん」といいながら、子供を母親の腕にいそいそと手渡した。ロザリは子供に接吻し有頂天になってしっかりと抱き締めた。しかし子供はこの抱擁にこれっぽっちも心を動かされているようにも見えず、暴れ回って、くるまれているショールを取り除こうと懸命だった。手足をばたつかせ、何度か鋭い泣き声を上げて、母親が弱々しくなだめすかすのをすぐさま打ち負かした。ロザリは子供を膝の上に座らせ、顔を被《おお》っているショールを取り除かなければならなかった。子供は明かりに背を向けていたので、当然顔は影のなかにあった。そのためすぐ側《そば》にいるのでなければ、その顔立ちはしかとは見分けられなかった。

ティヤール夫人は、たとえロザリに対して本当は友情を感じてはいなかったとしても、儀礼上、やはり子供の相手をせざるを得なかっただろう。そこで子供に近づこうとして立ち上がった。クレマンはすぐさまティヤール夫人の意図を察し、突然、茫然自失の状態から立ち直り、脱兎《だっと》のごとき敏捷《びんしょう》さで動いた。クレマンは大股でつっと歩みよって妻の前に立ちふさがった。

「ロザリ」とクレマンは不安に満ちた声でいった。「自分の部屋に戻ったらどうだい？　この子が泣き叫べばみなさんもうるさかろうし、おまえ自身は休息が必要だ」

そして返事を待たずに語を継いだ。「マックス、さあさあ、こいつを部屋に連れて行くのを手伝ってくれ……」

クレマンはすでにキャスター付寝椅子を運ぼうとがたがたと揺り動かしていた。

「せめてお子を見て抱っこするあいだお待ちになって」ティヤール夫人は子供のほうに身をかがめながらいった。

だが、夫人はすぐに恐れおののいて身を起こした。ややあって、見間違いだったのだと思い直して再び身をかがめた。だが最初の印象が間違いなく正しいことを確かめると、夫人は肌にじっとりと汗をかいてよろめいた。クレマンと妻は身動きできないでいた。マックスを除いて他の人たちはティヤール夫人の動揺をまるで理解できないでいた。夫人はおぼつかない足どりで元の場所に戻るといった。

「不思議だわ！」

「何が不思議だっていうの？」

夫人の母親は小声で訊いた。

ティヤール夫人はなおも見間違えたのだと思いたがった。もう一度子供のところへ行き、腕に抱いてしげしげと眺めた。次いで母親のデュコルネ夫人に子供を差し出しながらいった。

「見て！」

デュコルネ夫人は子供を見るや否やひどく驚いて叫んだ。

「ああ！　これは不思議なんてものじゃないわ！」

「ごらん、フレデリック！」ティヤール夫人は子供を老人のほうに向けて再びいった。

今度は老人が子供をじっと見つめると、驚いて眼を皿のように大きく見開いた。

「ごもっともでございます、奥様」老人は上ずった声でいった。「これはまことに不思議なことでございます！」

この間《かん》、乳呑み子を見て、てっきり皆がうっとりしているのだと思い込んだ乳母は近づいてこういった。

「お子さまは可愛くて温和《おとなし》いですわ、ですから育てるのにてこずったりなんかしませんでしたわ。ほんの近頃を除けば、それは温和さのお手本のような子でした。可愛子ちゃんは大丈夫、もう泣きませんとも。お母さんさえ一緒にいれば……」

ティヤール夫人とその母親とフレデリック爺さんとは相変わらず子供を見つめていた。

「不思議なこと！」三人は代わる代わる繰り返していた。

クレマンはこの責め苦に耐えられなくなり始めていた。自身の激昂に支配されて節度をわきまえられなくなる怒りの沸点に、少しまた少しと近づきつつあった。腕組みをして、

「詰まるところ、奥さん」と胸の裡《うち》の嵐を予告する声でクレマンはいった。「いったい、何がそんなに不思議なんです」

ティヤール夫人は子供をロザリの膝に返し、クレマンのほうに向き直った。

「あなたは主人をご存知でした」夫人は確信している様子でいった。「それなのに、私の驚きにびっくりしていらっしゃるなんて！」

「それで、どうだっていうんですか！　奥さん」クレマンはすぐさまいい返した。

「私の息子があなたの亡くなったご主人にかすかに似ているからって……！」

「見間違えるほどそっくりですわ」ティヤール夫人がとても小さな声でいった。

「それでどうしろって、おっしゃるんです」ますます乱暴な口調になってクレマンはすぐさまいった。

ティヤール夫人はロザリを気遣って、クレマンのこうした振る舞いも言葉遣いも気にしたくなかった。

「あら！　あなた」夫人はこの上なく情愛に満ちた口調でいった。「こんなに途方もなく似てますのに私が驚くのがお気に召しませんの」

「そりゃ、実際、奥さん」クレマンは相変わらず同じように乱暴にいった。「あなたの驚きが、僕に対して何か大変侮辱的なものを含んでいるからですよ！」

「とんでもない、誓って申し上げますけど、それはあなたの思い違いですわ」

「しかし、奥さん」クレマンはさらにいった。ティヤール夫人の礼儀正しさのためにクレマンは完全に激昂してしまいそうだった。「あなたのおっしゃりようは、いってみれば、私の妻の貞節に疑いをかけるというものじゃありませんか」

「あら」とティヤール夫人は顔を赧《あか》らめた。

ロザリは今にも息を引き取らんばかりに見えた。弱々しい声で、懇願するように、

「クレマン！」と手を合わせていった。

　室内に不吉な静けさが立ち込めた。クレマンが耐えている苦痛から一刻も早く逃れたくて、そしてまた、おそらく、この家の主人《あるじ》の無作法な振る舞いの悪口をいいたい気分にかられて、ティヤール母娘《ははこ》、次いで、居合わせた幾人かの人々は次々と辞去した。ロザリは寝椅子に身を横たえ、自ら乳母と老婆に手を貸してくれるように求めて、子供とともに寝室へ連れて行かれた。マックスとクレマンだけが後に残った。押し殺した怒りがクレマンの顔を恐ろしく引きつらせていた。うつむいて顔を両肩に埋《うず》め、ポケットに突っ込んだ両の手を痙攣《けいれん》したように震わせ、室内を縦に横にと歩いていた。

「こうしたことすべてのなかには、なにか異常なことがあるのを君は否定できまい……」マックスは突然小声でいった。

　クレマンは不意にマックスの前で立ち止まった。

「君ら、君ら気の利いた人たちには驚き入るよ！」クレマンは開き直ったようにふてぶてしく叫んだ。「君らには何から何までいわなきゃならない。恥さらしなことをこれっぽっちも隠しておけないのだ。僕はまた妻がティヤールの妾だったってことを公に白状しなけりゃならない……」

確かにそうでもしなければ、実際マックスは、証券仲買人ティヤールの顔と子供の顔との不可思議な一致を説明できるとは、考えられなかった。

そんなわけで、その翌日マックスはティヤール夫人に会いに行ったとき、彼女がクレマンの息子は夫の死後、少なくとも十五ヶ月から十八ヶ月後に生まれたはずだと指摘して、その合理的な説明を無効にしたときも、マックスは恋人の優れた記憶力にもかかわらず、彼女が日日《ひにち》を混同しているのだと飽くまで信じて譲ろうとしなかった。

13　ロザリの死

そのときから、クレマンは訪問客をいっさい受けつけなくなった。マックスと医者以外、もはや誰一人として家に入れる者はなかった。この決断にもかかわらずクレマンは始終びくびくしていた。極端な不信感につきまとわれて絶えず警戒し、そのため彼は偏執狂さながらに見えた。

家に子供がいることは、夫婦間の不和と苦悩の新たな種でしかなかった。白痴のように真面目くさった、無感動な子供は、ロザリの優しさを感じとることができないにもかかわらず、そのくせ彼女から離れたがらなかった。母親は子供を接吻で被《おお》い、愛情をこめて抱き締め、微笑《ほほえ》ませ、活気づけようと努めた。だがその努力はいつも空しかった。こうした優しい働きかけに対して、その子は知性を欠いた冷ややかな風情で母親を眺めているので、これを見ると母親は恐怖と絶望のあまり決まって眼を手で被うのだった。ロザリのむごい苦しみをさらに耐え難くするのは、子供がクレマンに対して絶えず嫌悪の情を深めていくのが見てとれることだった。クレマンが抱こうと腕を差し出すや、子供は狂ったように暴れて金切り声を上げた。だから、最初こそ唇に微笑《えみ》を浮かべていた父親は、次第に苛立《いらだ》って残忍な激しい怒りに駆られ、そのため、子供を抱く代わりに窒息させるのではないかと周囲の人を冷や冷やさせた。そんなとき、ロザリは恐ろしい発作を起こすのだった。さめざめと泣き、嗚咽《おえつ》するだけでなく、ぞっとするような痙攣《けいれん》に襲われた。こうした絶え間ない衝撃のためロザリはほとんど毎日死にそうに見えた。クレマンもまた苦悩のためにやつれていった。瀕死の妻を監視する執念は、情熱的なスパイの熱意を思わせた。妻を自分の眼で厳しく監視するため、クレマンは頻繁に休暇を取った。妻が痙攣と錯乱を起こしはせぬかと気懸りなときにはことさらだった。妻から来客の慰めを情容赦なく奪ってしまうだけではもはや飽き足らず、マックスがよく彼女の面倒をみることにさえ疑いの目を向け始めていた。ときにクレマンがあまりにも無作法にそれを露《あらわ》にするので、ロザリの涙と懇願がなかったらとっくにマックスは絶交していたことだろう。

ついにロザリの身に、死を目前にした人間にときどき現れる、生気のない平穏が訪れた。まる何週間というもの眠らずに過ごした後に、ほとんど昏睡ともいえる深い睡眠に陥った。このときには疑い深さも少しは薄れてきていたクレマンは、スパイ的行為をほとんどしなくなっており、ロザリをマックスと二人きりで置いておいても心配しなくなった。

ある日の昼食後、クレマンがまだ事務所で仕事中の時刻にマックスがクレマンの家を訪れると、ロザリは深刻な容態に陥っていた。狂暴な眼つきをし、表情が激変していた。痙攣的な動作からは耐え難い苦痛を感じていることが分かった。ロザリはときどき手を胸に当てていった。

「おお、なんて苦しいのでしょう。これは火だわ、ここには火が燃えてるわ」

子供はまるで人間らしさのない表情で母親を見つめていた。

マックスは憐憫に満ちた眼差しを注ぐことしかできなかった。

突然、ロザリは苦痛を訴えるのを止めた。彼女はひどく苦労をしてやっとベッドの上に起き上がることができた。霊感を受けたようなその様子は、まるで突如湧き出した希望から、あらゆる苦痛を制する力を汲みとったかのようだった。

「よく聞いて、マックス」とロザリは喘《あえ》ぐ声で口籠りながらいった。「私は明日にでも死ぬかもしれないわ。もしかすると今夜かもしれない。最期が近づいてるのを感じるの。最期の時を楽にするのは、ねえ、あなた次第なんだけれど。私、大きな過ちを犯したの、ああ！　そうなの、とても大きな。そして私は生命が永遠だって信じてるの！……でも、罪の許しを得ないで逝きたくないの……クレマンが聴罪司祭についていっさい聞きたがらないのはあなたもご存知のとおりなのだけれど……ねえ、これを最後の愛情の証《あかし》に──手を合わせてお願いするわ──走って行って急いで司祭様を呼んで来てちょうだい！……」

精根を使い果たした彼女は最後の力をふり絞ってつけ加えた。

「クレマンは三時までは帰らないの。何も知られはしないでしょう、そうすれば私はもっと心安らかに死ねるわ……」

マックスは心を動かされ涙を流していたが、この願いを聞き入れるのを躊躇《ためら》っていた。こんな情況でこんな頼み事をされるのは初めてであり、いざというとき、どうするかなど考えたこともなかった。伝統的な慣習もよく知らなかったのでひどく当惑し、そのうえ、手の込んだ策略的な行為はそもそも嫌だったたし、さらにクレマンに対する自分の背信行為が引き起こすかもしれないあれこれの結果に対する不安から、なかなか積極的にはなれなかった。しかし、マックスは慎重さよりも感情を多く持ち合わせていた。微妙なことにみだりに手を出してはいけないと、用心深さが諌める一方、感情はこの哀れな女性の苦悩を少しばかり和らげて臨終の酷《むご》さを今少し和らげてやるようにと急き立《せ》てるのだった。ロザリがポンソー司祭の名を口にしたとき、マックスはついに意を決した。というのも、とにかくその立派な人物に頼ることに危険はあり得ないのだから。

マックスは息を切らせて司祭の家に着いた。彼に会いたいというと、司祭様は教会の聖具室にいらっしゃる、けれど昼食会の時間だ、だから必ず直《じき》に戻られるだろう、と召使《めしつかい》は即答した。待っているよう勧められたが、マックスは司祭を迎えに行くほうが確かだと考えた。案に違わず、マックスが教会の前庭の階段を昇っていると、ポンソー司祭が教会から出て来た。教会の近所に住むその老司祭は、赤いリボンで縁取りしたビレタ［聖職者の黒い帽子］を被《かぶ》り、司教座聖堂参事会員の聖職者用のケープを着ていた。

「司祭様」とマックスは喘ぎ喘ぎいった。「ロザリさんが、ぜひともあなたにお目にかかりたいといっています。彼女は臨終を迎えようとしているのです。一刻も時間《とき》を無駄にはできません」

尊敬すべき司祭は、ロザリがとても具合が悪いことを知ってはいたものの、この報《しら》せには深く悲しんでいる様子だった。一瞬も躊躇《ためら》わず、祈禱会の服装でいることも、人が昼食に自分を待っていることも忘れて「行きましょう」と決然たる口調でいった。二人は馬車に乗った。道中、マックスは用心のために本当のことをいくらかは司祭にいっておくべきだと思った。「ロザリの具合は本当に悪いのですが、クレマンはありのままを認めようとしません。それにクレマンは、病人の傍《そば》に司祭様がおられるのは死の予兆だとするあの俗な迷信に支配されています。そのため彼は、司祭様をお呼びするのを一日延ばしにしてきました。だから自分の死期が近いのに気づいたロザリはロザリで、妻の務めを果たし、夫を悲しませないという二重の目的で、夫が留守のときに告解しようと決心したのです」。司祭は何事につけ「よろしい、よろしい」と答えた。やがて、彼らはクレマンの住居《アパルトマン》まで一気に走り切った。

とにかく急いで戻ってきたのだが、それでも二人の到着は遅すぎた。理由の分からない不安に襲われ、漠とした予感に胸苦しくなって、クレマンは急に事務所を出て家に戻ったのだった。あらゆることから推測するに、ロザリはマックスに懇願したことを彼にいっておいたほうがいいと判断したにちがいない。マルグリット婆さんが扉を開け、ポンソー司祭とマックスとが玄関に入るか入らないうちに二人の前にクレマンが現れた。死人のように真っ青になり、激しい怒りに声も出ず、痙攣する両の拳《こぶし》で胸を掻き抱いて、クレマンは傲然と射すくめるように二人を見た。最も精確に最も力を込めて物語ったとしても、次に起こった場面の恐ろしさは断じて表現できまい。クレマンが、いってみれば野獣のように、獲物である友人と司祭とを見つけてぴたりと立ち止まって射すくめている間中、扉が閉まっているにもかかわらず、住居《アパルトマン》の奥からは、野蛮な子供の鋭い泣き声に混じって喉を掻き切られるような女の呻《うめ》き声が聞こえてきた。

石の心をも震わさんばかりのこの苦悶の叫び声がクレマンの怒りをいっそう募らせ、次第にわれを忘れさせた。彼は押し殺した声で矢継ぎ早に毒舌を投げつけながら、司祭にいった。

「あなたはここに何をしに来られたのですか」

そして、マックスには「おせっかいもいい加減にしろ」といった。

困惑した二人はうつむいたまま沈黙していた。

「いったい貴様らは彼女《あれ》を殺してしまいたいのか」クレマンは続けていった。彼の激怒はもはや狂乱になりつつあった。「彼女《あれ》の具合はそんなに重態じゃないじゃないか。なすべきことは俺が心得ている。俺の家で他人の指図は受けないぞ。いつ何をすべきかは俺がいちばんよく分かっている。お引き取りいただきたい！……」

ロザリの慟哭《どうこく》が先ほどよりさらにいっそう激しく響きわたっていた。

「ともかく、これだけはぜひいっておきたいのだが」マックスは口籠りながらいった。「僕は、君の奥さんから何度となく一生懸命に頼まれたからやったに過ぎないんだよ」

「女房は自分が何をしてるのか分かっちゃいないんだ！」クレマンは応酬した。「彼女《あれ》は自分の容態について思い違いをしてるんだ。彼女《あれ》はまだまだずっと生きている！」

今度は司祭が恐怖のため激しく吃りながらいった。

「言わせて下され。あなたはご自身の命を懸けた恐るべき責任を負っておられるのですぞ」

「それはあなたとは関係のないことです！」クレマンは恐ろしい勢いで叫んだ。「なんなら、妻が罪を犯したとして、万が一彼女《あれ》が告解後の罪の赦《ゆる》しを受けずに死ぬとしましょう、よろしい！　神は懲罰のために千倍も僕を苦しめるとでもいうのですか、そしてそのうえ、前代未聞の責め苦を永久に科すとでもいうのですか……」

しばらく前からロザリの呻き声も子供の泣き声も聞こえなくなっていた。マックスと司祭は深い悲嘆に沈んで、辞去しようとしていた。

突然、玄関に面した扉のひとつが揺すぶられ、次に開けられ、ロザリが現れた。裸足《はだし》で、髪は乱れ、片手でブラウスの胸元を押さえ、もう一方の手で両開き扉の一方にしがみついていた。青くやつれた顔には大きく見開かれた両の眼が、ほとんど生彩もなく奇異な表情で輝いていた。骨ばかりの身体《からだ》はぐらつき今にも崩れ落ちそうだった。マックスと司祭、そしてクレマンも、同時にふり返り恐怖に捉えられて立ちつくした。

「死にそうですわ！」ロザリはいった。慰めの言葉を一心に求めるあまり、羞恥の本能は窒息してしまった。彼女は膝をついて近寄り、痩せ衰えた胸を露《あらわ》にし、弱々しい両腕を司祭のほうへ差し出した。

「お許し下さい！　ああ！　お許し下さい！」彼女は消え入りそうな声で、全力を尽くして叫んだ。

憐れみで胸がいっぱいになった老司祭は、抗しきれずに彼女のほうに一歩歩み寄った。

司祭のたったこれだけの動きにクレマンはさらに狂わんばかりになった。口角泡を飛ばして殺しかねないほどに逆上し、妻から司祭のほうに向き直って、両の拳を激しく後ろ下方に突き出しながら[37]叫んだ。

「行って下さい！　あなたに手を上げる過ちを犯させないで下さい！」

ロザリは動かぬ物体のようにどうと床に倒れた。

もし司祭とマックスが大急ぎで立ち去らなければ、もはや止《とど》まるところを知らない狂乱に陥ったクレマンは間違いなく彼の威嚇の言葉を実行したにちがいない……。

マックスはこの呪われた家に二度と再び足を踏み入れまいと、固く決心していた。

だが数日後、クレマンから一通の手紙が届いた。彼は妻の死を告げた後、ぜひとも葬儀の準備の手助けに来て欲しいと頼んでいた。

14 なんたる変貌！

犯罪者たちが――少なくとも彼らがまったくの愚か者でないかぎり――自らの過ちを打ち明けたいという強い欲求を抱くことはよく知られている。たとえ紙に書き記すしか告白の方法がなかったとしてもだ。こうした欲求に苛《さいな》まれて、クレマンはマックスに会う度に必ず、押し隠している自分の秘密をついもらしそうになるのだった。この頃になるとクレマンは、壊疽《えそ》のように体内の片隅にじわじわと侵入する激しい苦痛をどうすることもできなかった。

息子との関係はなんとも異常だった。子供は父親を嫌悪していた。父親に触れると、まるで焼けた鉄に触れたかのように泣き叫んだ。逆にクレマンは同じこの一人の人間

37　両手の拳を激しく後ろ下方に突き出すのは、フランス人が激昂したときに行う典型的な仕草。

に対して、憎しみと同時に愛情でいっぱいになった魂を映し出す異常な反応を示していた。いいかえれば、彼は同じ激しさで息子を愛しかつ憎悪した。ときには、子供が涙と痙攣《ひきつけ》とで応えるのもかえりみず、愛撫しようと両の手でしっかりと抱き取った。だが、自分の顔に近づけると不意に遠ざけ、恐怖におののいて子供をじっと見つめ、次いで打ち克《か》ち難い嫌悪を抱いた様子で床に落とした。父親はこのような化け物を近づけまいとして、子供を他人に預けた。だが、どんな代価を払っても引き受け手は見つからず、一週間もたつと誰も彼もが子供を連れて戻ってきた。子供は父親に返されるまでは泣き叫び、食べ物もいっさい受けつけなかったのだ。

一方、相次ぐ不愉快な打ち明け話で、クレマンはマックスの心を著しく離れさせることになった。だが、それでもマックスはときどき間《ま》をおいて友人の所へ舞い戻らずにはおかなかった。マックスの行為をいまひとつ楽に理解するためには——彼の行為を当然だと考える助けにはならないだろうが——慎み、つまり、激しすぎる昂奮《こうふん》を不安に思う気持ちと、御し難い好奇心のあいだを揺れながら、なにか恐るべき重罪裁判の劇的犯罪《ドラマ》事件を見たくもあり、また見たくないとも思う女性たちを想い浮かべれば十分であろう。

身体《からだ》は蝕《むしば》まれ、蒼ざめた顔は再び死人のようになり、眼は何かを兇暴《きょうぼう》に見すえているか、さもなくば狂人の眼のようにぐるぐる回っている。こんなクレマンをつぶさに観察すれば、「これは耐えられない！」とか「こんな風には、もうこれ以上生きられない！」とか、さらには「もう終わりにしなければ！」などと、なにかにつけて叫ぶのを聞くまでもなく、彼がいかに切羽つまっているかが理解できた。

「ああ！　話せないとは！」とある日、彼は嗚咽《おえつ》で喉を詰まらせながらいった。

「誰もあなたが話すのを妨げはしないよ」とマックスは弱々しい声でいった。

お互いに相手に対して、次第に冷淡になってきた彼らの呼び方には、少しずつ「君《テュ》」と「あなた《ヴー》」[38]とが交錯するようになり、ついには「あなた《ヴー》」しか使わなくなっていた。

「いったい、苦しんでいるのは僕の肉体だけなのだろうか」両の拳で頭を締めつけてクレマンはまたいった。「この惨めな肉体はこんなに多くのことを感じることができ

38　「君《テュ》」（tu）と「あなた《ヴー》」（vous）。tu《テュ》は親しい人に対して使い、vous《ヴー》は他人や目上の人等、距離を置いた相手に使う。

るのだろうか。いや、断じてそうじゃない！……僕は魂をもっているのだろうか……もしそうだとすれば！……」

「まだそんなことを疑っているのか？」

「疑いたいんだ。疑いたいんだよ！」

クレマンがうつむいて両手に顔を埋《うず》めている様子は、絶望が体力を磨り減らし、彼の疑いたいんだよ！　という叫びが、もはや言葉だけに過ぎないということを物語っていた。

ある日、クレマンがいった。「僕が眼に見えるものを見、感じることを感じたからといって、それは僕の過ちだろうか。自分が思ったことに逆らってものを考えることができただろうか。そして、本当は完全に嘘だと判断したことを信じられただろうか。懐疑主義《セプティシスム》が僕の血といっしょに血管を流れていたのだ。そして、気づくことといえばすべて、僕の不信仰をさらに強固にするものばかりだった。僕が育った社会では、これまで混乱と無秩序しか目に入ってこなかったし、それは今でも同じだ。まるで巧妙であるか不器用であるかが価値を測る唯一の尺度でもあるかのようだ。この社会では誠実さはあったとしてもそれは仮面《マスク》に過ぎず、しかもそれは揺るがぬ真実なのだ。

だからこの社会の宗教、モラル、芸術、文学において、なによりもまず社会が追求するもの、社会が強く要求するもの、それは形なのだ……」

少し沈黙した後、クレマンはさらにいった。

「僕は皆より厳密な論理家でありたいと望んだだけだ。このことを除けば、僕と同じ考えに駆りたてられている他の多くの人々よりいったい僕のなにが罪深いというのだ。反論できる人がいるならしてみるがいい。神が存在せず、良心とは偏見にすぎず、死とは無であると信じるならば、罪と呼ばれるものは相対的でしかなく、苦しみは無意味であり、苦しみから免れるために した行為が法によって罰せられないなら、それらはすべて許される。喜び以外には美しいもの、善《よ》いものなど存在しない。もっぱら法を愚弄すること以外に役立つことなどないのだ。殺せ、盗め、強姦しろ、鬼であれ。しかし他人《ひと》に知られてはならない！　いったい誰が罰しよう。幻想や幽霊を恐れることができるのは臆病者か愚か者だけだ！」

「あなたがいっていることは当今、パリサイ人[39]たちにとてもよく理解されるにちがいない！」

「そこから僕は揺るぎないこの確信に到達したんだ。社会を守るために法律しかもたない社会は道に迷った社会であると！」

「万人はそれを心に刻み込む必要があるだろう……」

クレマンは健康がすぐれないことを口実に、これまでの地位を退《の》いていた。実際、その準備から分かるように彼は遠方へ行くことを計画していた。ある朝、マックスを認めるやクレマンは叫んだ。

「なんて夜だったんだ！　あなたはあの雷雨の音を聞いたかい？」

「いや、たぶん僕は眠っていたんだ」

「とても幸せなことだ！」クレマンが続けた。「僕は嵐で目が覚めた。どしゃ降りだった。風が暖炉に吹き込んで、遠くでオルガンが鳴っているような音をずっと立てつづけていた。僕の眼は陰鬱な暗赤色に満ちていた。突然僕は家が燃えているのだと思い込み、いいようのない恐怖にかられてベッドから床に飛び降りた。暖炉にかけ寄って開口部に耳を当てた。聞こえてくる唸《うな》るような音はまさに大火の上げる炎の音だった。大急ぎで窓を開けて空を見た。空は赤く、隣家の壁も赤かった。街路に落ちる危険を冒して窓から外に身を乗り出し、なんとか家の屋根を見ようとした。屋根も燃えているようだった。ついには、四方八方、燃えさかる巨大なかまどの赤い火が反射しているようにしか見えなかった。硬貨のように大きな水滴が額に落ちて来て、それは僕の身体《からだ》を貪り喰う激しい熱気でたちまち乾いていった。僕は上の階へ昇ろうと決意した。偶然にも振り返ると、ベッドの向こう側、壁の窪《くぼ》みにじっと僕を見つめている青白い顔を認めた。僕は一歩後ずさり、次いで意識を失って床に転がった」

「しかし、いったいあなたは、どんな罪を犯したというのだ」マックスは怯えて叫んだ。

「もう分かってるんじゃないのかい？」

「あなたの生活も苦しみも後悔も、すべてが僕を心配にさせるよ」マックスは激しい不安に息を詰まらせそうになっていった。

「そのとおり、あなたが考えていることは間違っていないのだ……」

マックスは身を震わせ、途轍《とてつ》もなく大きく見開いた眼でクレマンを見つめた。

「いや、そんなことはあり得ない！」マックスは突然力をこめて叫んだ。「あなたが

39　パリサイ派とはユダヤ教の一派で、法典を厳格に守って生活した。その形式主義と偽善は聖書の中で批判されている。また十七世紀には、敬虔と美徳を見せびらかすだけの偽善者のことを指すようになった。

僕に仄めかしていることは嘘だ！　あなたがどんなことでもする人間だと仮定しても、少し慎重になりさえすれば、あなたは十分に思い止《とど》まったにちがいない！」

「だから必要不可欠な共犯者として偶然が必要だったんだ」クレマンはますます陰鬱になって応じた。「僕は奴の命を望むほどティヤールを憎んでいた。これは本当だ。けれども、僕自身が確実に罰せられないという保証がなかったら、奴の髪の毛一本にさえ絶対に触れなかっただろう。とても不運だったんだ。奴は自分から僕の意のままになる所に身を置きにやって来て、僕の復讐心と同時に金銭欲を誘惑したのだ。しかもコップ一杯の水を飲むように簡単に奴から盗み、奴を消すことができるような情況でだ……」

真っ青になったマックスは、茫然として動かず、まるで石と化したかのようだった。それでも努力してやっと立ち上がり、辞去しようとした。だがその脚は震えていて、そのためにまた腰かけなくてはならなかった。耐え難く辛い夢を見ても、これほど苦しい麻痺は決して生じなかっただろう。

クレマンは陰鬱な様子でつけ加えた。

「明日、どうあっても出発して二度とは戻らない。僕の考えを宣伝し吹き込みたいという激しい情熱にかられ、実に不愉快な打ち明け話であなたの生来の優しさを傷つけつづけてきた。僕はあまりにも多くを語ったので、もはやすべてをいってしまわずにはいられないし、あなたもあまりにも多くを聞いたので、いまだいい残していることを聞くとしても尻ごみはすまい。貧窮によって苛立《いらだ》ち、様々な情況に助けられた不信仰がなし得ることの大きさを、これを最後にあなたに知ってほしい……」

マックスは雷に打たれた人のように、動けずにいた……。

15 全《まった》き告白

「この一年間を除けば、とりわけ今年の一時期を別にすれば」永い沈黙の後、クレマンは再び話し始めた。「あなたはほとんど僕自身と同じくらい僕の生活をよく知っている。もしティヤールのところにいなかったら、これまであなたが見てきたように、たぶん、僕は死ぬまで合法的な背徳の中で細々と暮らしていたにちがいない。ロザリのみがその生活と決別することになった原因だった。彼女を非難していっているわけではない。若さと初々しさとでまばゆいばかりのロザリと親しくなった頃、ロザリはおぞましい母親のせいで、まさしく証券仲買人の愛人の一人となっていた。彼女に夢中になっていた証券仲買人は黄金でロザリを被《おお》いつくしてその証《あかし》としていた。

だが僕の騒々しい陽気さ、横柄さ、奔放さに魅せられた哀れな娘は躊躇《ためら》わずに贅沢な生活を捨てて、僕の不安定な稼ぎで生活するようになった。ティヤールは狂わんばかりになって僕の家までつきまとい、彼女を失わずにいられるなら、僕らの関係に目をつむるとさえロザリに申し出た。だがロザリは頑として聞き入れずティヤールを絶望させたのだった……

「僕らにとって、世界がもはや不毛で無人の孤島以外のなにものでもなかったとき――僕は人々から、近寄ると忌まわしい病がうつるとでもいわんばかりの扱いを受けていたのだ――ロザリはこの男のことを思い出した。どうすればそんなことができるのだろう？　なぜ？　僕はロザリがティヤールのもとから帰って来たときにやっと彼女の思考、行動の道すじを知った。ロザリがいうには、あの男を傷つけたのは自分だ。だからその償いとして彼を頼っていく、とそんな理由から彼を頼ってしまったのだ。女だからこそこんな謬《あやま》りに陥り得たのだ。いかにも確かに、ティヤールは僕らの苦境を知って心を動かされた。しかしそれは、自分の恨《うら》みを晴らすまたとない機会《チャンス》を得たからだった。そして自分の事務所で僕に対して下っ端の職しか与えられないと断言したのは、ただひたすら、彼が最も屈辱的だと判断した境遇を僕に味わわせるためであったことは疑いない。

「実際、百人中九十九人までは僕がティヤールの言い分を横柄に拒絶するだろうと思った。ロザリもそう固く信じていたので、おずおずと口を開いた。『あんたは怒ることでしょう……』。実をいえば、僕は血管に嵐がかけ巡るのを感じた。だが、それは火薬が引きおこす炎が鎮火されるようにすぐさま掻き消された。すでに僕は自分の意思のままには振る舞えなかったのだ。少し考えた後――それは同時に僕が怒りを爆発させそうだとロザリが思っていた瞬間《とき》だった――ロザリを直視し、こういった。『おまえがまだ生きることに執着し、僕のもとを離れるのを拒む以上、酔っ払いが注がれるワインを飲み干すように、僕は侮辱を飲み下さなければならない。時間を稼ぐことが大切だ。とりあえず承諾するよ。先のことは先のことさ……』

「フレデリック爺さんがあなたに証券仲買人の経歴を話したといったね。あなたはあの男の出発点も、デュコルネ家に対する借りも、忌まわしい行為もよく知っている。ところで、ティヤールは自分自身が実例を示して僕の信条をしかと証明し、僕の羨望《ねたみ》を募らせ、貧困ゆえの苛立《いらだ》ちを増大させるだけでは足りなくて、そのうえ、うかつにも、僕を奴隷の中でも最も卑しいもののように扱う必要があった。あの男が様々なやり口で僕の心の中に蓄積した怒りや憎しみは測り知れない。ティヤールのところに勤めて一週間とたたないうちに、あの男は下男に対して使う《おまえ》《モン・ガルソン》とか、見下した《おまえさん《モン・ブラーヴ》》といった呼び方でしか僕に言葉をかけなくなった。そして、事務員の仕事というよりもむしろ下男の仕事をさせたものだった。僕は〈恋の使い《メルキュール》〉のようなものになりつつあった。ティヤールはトゥランシャン夫人という女性と永年の関係をもっていたばかりか、いつもブレダ街の女性の誰かと浮気をしていた。あるときにはこうしたご婦人方のうちの一人に、またあるときは他のご婦人にと、手紙なり花束なりを、またあるときにはもっとかさばる贈り物を届ける使い走りをさせられ、こうしたことをせずに過ぎる日は一日としてなかった。僕を侮辱することに巧みなティヤールは、僕がどれほどみすぼらしい身なりをしているかを平気で指摘し、同情を装って古着を与えた。僕は息が詰まらんばかりの怒りに屈してティヤールの顔にこのぼろ着を投げつけるどころか、それを押し頂いて口籠りながら感謝の言葉をいくつか述べさえした。彼に逆らうまいと自らに強《し》いつづけたために、ティヤールは、僕が非常に卑しいので侮辱に鈍感なのだと少しずつ確信するようになった。ティヤールは僕が恥辱にまみれることに感動した。以来、この男は僕に対する親切心を誇りにした。ある日、給料を一ヶ月に十フラン増額すると認めた後でこうつけ加えた。『わたしは、サン＝ルイ＝アン＝リル通りの赤い橋《ポン＝ルージュ》の近くに家をもっていて、その一階は正真正銘、価値のないものだ。人が住める代物ではない。そこに住もうという輩《やから》はまあ、家賃を払わない類といっていい。もしおまえさんが修繕できるなら、ただで使ってもいい。とにかく節約にはなるからな』

「彼はこうして、近々自分が陥ることになる罠を自ら仕掛けていたのだ。

「一度だけ、あなたは夜にこの住居に来たことがある。夜の暗さのために、あなたはそれがどんなものかを十分に見わけられなかった。しかしともかく、住居が一階にあって通りに面していたことは覚えているだろう。隣り合う二室は、昔は馬車が出入りできたが今では壁に塗りこめられて閉ざされたままになっている大門のある邸《やしき》の中に造られていて、その室内は壁も床もむき出しでがらんとして薄暗かった。敷石もなく床板も張っていない床は、雨季の鶏小屋やアヒル小屋の地面を思わせた。ひとつの部屋は街路に面した高いガラス窓から明かりを取り、もうひとつは中庭に面した窓から明かりを取るこの二室は、建物の他の部分とはつながっていなかった。そのうえ、奥の部屋だけは僕らの貧しさを考えるとあまりにも広々としていた。そこには虫喰った家具が三つ、四つ無造作に置かれていた。一方、雑誌、書類、数冊の本、ガラスの小壜、様々な家事用具などが棚の上に乱雑に積み上げられていて、これらは、僕がそれまでにやってきた諸々の職業を物語っていた。要するに僕らは、夜いつでも隣人の注意をひかずに出入りができるのでくつろげた。

「僕らがそこで生活した四ヶ月の間に、この家の壁が耳にした会話は口にできない。あなたはロザリが正直者の手に委ねられて、過《あやま》つことなく優れた主婦になったとよくいっていたね。それは事実だ。僕に身を委ね、ほんの短い間に僕にふさわしい伴侶になった。僕の感覚を通してのみ物事を見、聞き、感じていた。それこそ僕と一心同体だった。僕が人々や天に対してわめき散らすやいなや、ロザリは僕の呪詛《じゅそ》ほどではないにしても、一オクターヴ高い声で怒りを爆発させたものだった。僕らは商取引のように冷静に犯罪について議論し、悪事によって金持ちになる機会が来ることを懸命に祈った。しかしながら、その日――あなたは信じるだろうか――たとえ、紙幣を扱うようなことがあっても、僕は絶対といっていいほど誘惑を感じなかったにちがいない。紙幣の一枚を隠して、過失か事故のせいにする危険を冒すこともできた。だが、それは考えただけで息が詰まった。刑法典に対する僕の自覚は、警官隊よりもよく札束を護衛しただろう。しかし逆に、何度僕は心の裡《うち》でこういったことか。『ああ！　いったいいつになったら罰せられずに法を犯す機会《チャンス》が与えられるのだろう。いったいいつになれば、奴らの死刑執行人たちと奴らの神のすぐ側《そば》で、奴らが呼ぶところの罪とやらを犯すことができるのだろう』。僕の願いはあまりにもよく聞き届けられたのにちがいなかった。

「十一月になろうとしていた。ティヤールには破局が差し迫っていた。会計係にとって、事態はもはややりくり不可能だった。会計係は証券仲買人のティヤールに話そうと思ったが、彼はぶっきらぼうに帳簿をつけていろと追い返した。三十日がやって来た。僕はフレデリック爺さんの様子からその時が来たことを理解した。フレデリック爺さんは一日《ついたち》の前日、いつもどおりに給料を支払わずに、われわれに翌日まで待ってくれと頼んだ。雷《いかずち》の一撃といえどもこれほど残酷に僕を揺さぶりはしなかったろう。たぶん、それは単なる給与の遅延にすぎなかっただろう。しかしこの遅延は僕らには死を意味したのだ。というのも、金がなかったのでまる一日何も食べていなかったのだ。

「天候は僕の胸を満たしている不吉な考えとよく調和していた。非常に濃い霧が立ちこめて戸外は暗かった。とりわけセーヌ河の付近はそうだった。だから、事故を未然に防ぐため警察の命令によって街路という街路の角、広場、橋にはカンテラが点々と置かれていた。それだけではなく、松明《たいまつ》を携行した誘導係も組織されていた。数日前から、ちょうど僕は、河川が絶え間なく増水し、土手が完全に浸水していることに気づいていた。その界隈はすっかり人気《ひとけ》がなく、不気味な静けさが僕らを包んでいた。腹をすかせて寒さに凍え、汚物の混じった寝わらの上にしゃがみこんでいる僕らを思い浮かべていただきたい、できることなら、僕らの不安と絶望を想像していただきたい！　最後の方策として自殺を思いついたのはこのときだった。

「ティヤールを僕の行く手に投げ出したのと同じ宿命の采配だろうか――僕は自己破壊のための薬剤、おそらく最も強力で最も速効性のある薬剤をもっていた。中学《コレージュ》時代に熱心に化学を学び、一時的に薬局で働くことで、僕の裡《うち》の化学好きな心がよみがえった。この薬局に住み込んでいたときに、僕はただ単に子供っぽい好奇心による思いつきから二つの小壜を手に入れた。一方には阿片が入っていて、もう一方は、封をした黒いガラス壜に入った約十二グラムの青酸カリ、知られる毒薬のうちでも最も強力なものだった。僕は何年もの間、借金を繰り返しながらまさに急場しのぎの生活をしてきた。ひとつのホテルから次のホテルへとさまよい、こちらのホテルへはトランクを置き忘れ、あちらのホテルへは本を、また他のホテルには書類を忘れたりしたものだが、不思議なことに猛毒の薬が入ったこの小壜だけはどこにも置き忘れたことがなかった。それは厄介な邪魔物ではあった。何度も打ち砕きたいと思った。しかしいつもそうしようとする瞬間に漠然とした抵抗を感じた。小壜は意志と関わりなく僕につきまとい、しがみついて離れなかったといったほうがより正しいのかもしれない。「僕の決意を伝えるとロザリはすぐさま反論した。『私だってそのことを考えたのだけれど!』。苦痛があまりにも大きいのではないかという危惧だけがロザリをまだ引き留めていた。僕は、この毒薬には稲妻のような効き目があるのだ、数滴飲めばほとんど即座に死をもたらすと断言した。ロザリは躊躇《ためら》うのをやめた。だが、それから三、四分。そして万事は休した。誰かが扉を二度、叩いた。僕らは不意を突かれて自殺を中止した。ひょっとすると思い違いかもしれなかった。しかし前よりも強いノックの音が二度続けて繰り返された。恐れることは何もなかった。小壜を元の場所に置いて、扉を開けに行った。

「男が一人、半ば開いた扉を押し開け、遠慮なく明かりのある室内に入って来た。男がティヤールであることを認めて驚きはさらに募った。ティヤールはハンチングをかぶり、ゆったりとしたコートに身を包んでいた。手にはいっぱいに膨らんだ旅行鞄を持っていた。ティヤールは、室内の壁から滲《し》み出るような窮乏の様を目にして、失望と嫌悪の気持ちを隠せなかった。明らかに、ティヤールが見たものは彼の予想を超えていた。それでもともかく、必要とあらば嫌なことでも進んでするように見えた。『おまえさんに頼みたいことがある』とティヤールはいった。『まず、迷惑はかけないからここに数時間いていいかい』

「僕は同意の印《しるし》にうなずいた。途方もない情動が僕を圧倒し、舌を麻痺させていた。ティヤールは椅子が壊れていないか確かめ、次いでこういいながら腰を下ろした。『今朝から立ちっぱなしなんだ。疲れはててどうにもならない。おまけに喉が渇いて死にそうだ。たぶんおまえさんの家には飲み物はないだろうね』。僕はないという身振りをした。『まだ十一時だ』ティヤールは続けた。『おそらくまだ開いてる酒屋が見つかるだろうからワインと砂糖を買ってきてもらえるかい』ティヤールはポケットを探り、五フラン硬貨を取り出してテーブルに投げ出した。『さて、それから』とつけ加えた。『少しばかり火を燃やす手だてはないものかね。凍えそうに寒いんだ』。相変わらず沈黙したまま僕は、同様に驚いているロザリに古い箱とスツールと書見台の断片を指し示し、それを壊して火をつけるべきであることを身振りで分からせた。そして僕は出かけた。

「闇はこれまでになく深かった。街灯の真下に立ってもガスの灯がちっとも見えなかった。僕は壁に沿って手探りで歩いた。およその勘で歩くうちに——これは本当なのだ——ルイ・フィリップ橋に着いた。河岸の手すりに沿って進み、こんな風にしてグレーヴ広場までたどり着いた。そこではおびただしいカンテラと松明《たいまつ》のお陰で——その明かりに照らされていくつかの人影がそこここを通り過ぎるのが見えた——それまでよりうまく進路を決めることができた。市庁に向かい合って建つ、河の側《そば》にある数軒の居酒屋はまだ客で混《こ》み合っていて、急いで店を閉める必要はないようだった。僕は求めるものを見つけて道を引き返した。

「だが一方、僕の頭の中ではなにが起こっていただろう。戦の最中《さなか》の将軍の頭の中ではこれと似たようなことが起こるのにちがいない。身に滲みる寒さにもかかわらず、身体《からだ》は燃えるばかりに熱く、脳髄は沸き立っていた。そこには様々な思考が想像もつかない激しさで流れ込んでいた。それは黒い空に交錯しながら走る幾条もの稲妻のようだった。僕はこんなことをすべてほとんど同時に考えた。『ティヤールは極悪人《ごくあくにん》だ。あの男は逃走しようとしていて金をもっている。あの男が家《うち》にいることは誰も知らない。僕はどんな痕跡も残さない毒薬をもっている。おあつらえ向きに奴はそれを飲ませてくれといっているようなものだ。界隈は人気《ひとけ》がなく、霧は濃く見透しがきかないし、セーヌ河は水位が高い。ロザリは僕の思いのままになる。無罪は確実だ、等々』。僕の知力にこれほど複雑な働きができようとはこれまで思ったこともなかった。ついには僕は神が存在し、この神は僕の共犯者で、一人の犯罪者を罰するために僕の手を利用し、僕は義務、つまり神の使命を果たすのだと考えるまでに至った。熱に浮かされてはいたが気持ちを抑えて帰宅した。僕は入口に近い部屋にロザリを呼んでとぎれとぎれに小声で素早くいった。『なにごとにも動揺してはいけない。冷静沈着で、大胆になりなさい。すべていうとおりにしなさい。ちっとも心配しなくていい。僕らの富はできたのだ』。ロザリが身震いし、手を強く握りしめたことから、僕の思惑を理解したことが分かった。

「奥の部屋に行って明るいところで見ると、ロザリは死人のように蒼白になって震えてはいるものの、彼女もまた僕と同様、覚悟を決めていることがしかと確かめられた。ティヤールは相変わらず喉の渇きを訴えていた。安心しきったティヤールは暖炉の火に向かって僕らに背を向けていた。僕が背後でテーブルの上にワインの準備をしている間に、ティヤールはあくびをしながらいった。『おまえさんはわたしの代わりに何度も行ったことがあるから、トゥランシャン夫人を知ってるね。一日中夫人を追いかけていたんだがつかまらなかった。もうこれ以上一瞬たりとも出発を延ばせない。できるだけ早くロンドンに着かなければならん。ここに一通の手紙と包みがある。これをあのひとの手にすぐ直接渡してもらいたい。事が非常に差し迫っていて微妙なのでおまえさんにしかそれを頼めないと思ったのだ。当然だが、なにが起ころうとも、おまえさんはわたしに会わなかったことにしてくれ。おまえさんの口の堅さを当てにしていいだろうね。出発する前に手伝ってもらった礼は十分にさせてもらうからな』

「僕はティヤールがいっていることをぼんやりとしか聞いていなかった。それに返答することなどほとんど頭になかった。僕はワインの準備に完全に没頭していた。ワインに砂糖を溶かし、レモンの輪切りを入れた後、そこに阿片を数粒そっと入れた。湯沸かしにそれを移して火に近づけた。酒は間もなく温まった。ティヤールは苛々して待っていた。僕は飲み物をコップに入れてさし出した。飲める熱さになるやティヤールは一息にそれを飲みほした。そしてすぐに二杯目を要求した。こんな具合に数分とたたないうちになみなみと注がれたコップ三杯分を飲んだ。麻薬の効き目は速かった。

すでに疲れ果てていたティヤールは抗い難い眠気に襲われた。彼は立ち上がった。『これは変だ』ティヤールはいった。『どうしようもなく瞼がふさがってくる』。『ベッドでお寝《やす》みになられてはいかがでしょう』僕はしっかりとした声でいった。ティヤールは躊躇した。ベッドの汚さに嫌悪を催していたのだ。しかし神経質でありつづけるには疲れすぎていた。『少なくとも』とあくびをし、眼をこすりながらいった。『絶対に、これから二時間後には忘れずに起こしてくれ。寝過ごすなどというつまらない理由で馬車に乗り遅れたくないからな。わたしの側にいてくれ』

「ロザリは――僕にはロザリが歯をガチガチ鳴らしているのが聞こえていた――できる限り丁寧にベッドを整えた。ティヤールはさらに自分の外套で被《おお》い、その上に横になるとすぐさま深い眠りに落ちた。身体《からだ》に針を何本突き刺されても確実に眼を覚まさなかっただろう。僕はすぐにもう一つの小壜、毒薬の入った細首のガラスの小壜をつかみ、その首を折り、次にしっかりと折れ口を親指で押さえながら左手でそれを握った。石のように固まったロザリはなんだか分からずに僕を見つめていた。僕はティヤールに近寄った。空いているほうの手でそっと彼の鼻をつまみ、少しずつ口を開けざるを得なくさせた。口が大きく開いたとき僕は喉に青酸を注いだ。ティヤールは一息に壜の中味を飲み下した。同時に僕は数歩後ずさった。

「毒は電光石火の速さで効き目を表わした。まず全身の激しい震え、次に恐ろしい痙《けい》攣《れん》。ティヤールは眼を開き、唇を動かした。しかし声一つ出さなかった。僕は嘔吐をひどく恐れていた。しかしそれはまったくなかった。四、五分後、もう動かなかった。僕は近寄った。脈もなければ呼吸もしていなかった。ねばねばした汗がその肌を被っていた。顔面の筋肉は張りを失っていた。僕は彼がもう死んだのだと思っていた。とそのときまた、痙攣するように動いた。しかしそれは臨終の最後の努力だった。やがて手脚の硬直から、この男がもはやただの死体でしかないことが分かった。

「恐怖心が金銭欲に戦いを挑まれ、僕はそのとき、こわごわではあったがティヤールの衣服を探ることを考えた。なぜかは分からないが、金は旅行鞄の中にあると思った。上着の小ポケットのうちの一つに手を入れ旅行鞄の鍵を探しているうちに、素晴らしい懐中時計と、金貨のいっぱい詰まった小銭入れを見つけた。僕は時計を元の場所に戻し小銭入れからは金貨を数枚抜き取るだけに留めた。次に旅行鞄を調べ始めた。だが、がっかりしたことに、鞄には下着類しか入っていなかった。僕はロザリにそれを元の状態に戻すようにいいつけた。その間《かん》に犠牲者の他のポケットを細心綿密に調べた。外套の脇ポケットにはパスポートと幾通かの手紙しか入っておらず、そのなかにはトゥランシャン夫人宛ての手紙と、同じ女性に宛てた包みとがあった。この最後の二つだけを除いて——というのもその内容を知りたかったのだ——全部ポケットに戻した。僕にはズボンのポケットに入っていた銀貨はその一部を奪うのが安全策だと思われた。それにしても、探し求めているものは一向に見つからなかった。ところが、僕が見つけたものにほとんどなんの価値もないことにたじろぎ始めていたまさにそのとき、下に着ている衣服の脇ポケットの中で紙類の詰まった札入れを指に感じた。

「僕らは、明かりが射し込んで来る長方形の窓の前に、夜になるといつもカーテン代わりに自分たちのぼろ着の一部をかけることにしていた。僕がまず最初に気を配ったのはこうした窓のほうへ目をやって、外から僕らが見えないことを確かめることだった。次に札入れをテーブルに置き、ロウソクを近づけ、よりよく見えるようにその芯を裂いて火を大きくし、それから腰を下ろした。ロザリはそばに来て腰をかけた。僕は彼女があまり激しく昂奮《こうふん》しないように気をつけさせることが大事だと思った。用心は僕自身にとってもまた必要なものだった。札入れを開けた。そこから取り出した最初のものを見て僕らは喜びで息が詰まりそうになった。それどころか即座に死んでしまいそうだった。というのも、この最初に出てきたものは銀行紙幣の束だったのだ。『ああ！　ついに！　ああ！　ついに！』僕らはとぎれとぎれに十分間も繰り返していった。

「やがて少し落ち着いてきて、一枚一枚紙幣を数えて喜んだ。僕らはいつまでもそうしていた。紙幣は三百枚あった、三十万フラン！……ロザリは全部取っておこうといった。だがそれは僕の計略とは一致しなかった。僕の胸いっぱいに拡がりつつあった果てしない物欲には、一種の用心深さも混じっていた。僕は三百枚の紙幣から百枚を抜き出し、それを札入れの中に注意深くしまい、さっき取り出したポケットの中に同じように注意深くその札入れを戻した。そして旅行鞄の留め金も掛けた……『だけどこれをどうしよう？』しばらくティヤールの存在を忘れていたロザリが突然いった。『落ち着いて』僕は答えた。『おまえはこの紙幣をワンピースの裏とかペチコートの裏にただひたすらしっかり隠していればいい……』

「僕は深夜に居酒屋まで使い走りをしながらこの犯行計画を巡らしていたとき、あらゆる情況が、なにもかも僕に都合よく整えられていることに気づいて驚いていた。そして、これから証券仲買人の死体の処理を始めようとしたときにさえ、その作業がいかに容易であるかをおぼろげながら予見できたのだった。僕は前もって処理現場を偵察するために出かけた。霧は見透しのきかない厚いヴェールを絶えずあたりに拡げつづけていた。赤い橋《ポン＝ルージュ》のすぐ近くだった。縁石から縁石へとたどって知らぬ間にセーヌ河までやって来た。僕は耳を澄ませた。静寂は闇と同じように深かった。ただ流れる河の水のみが静かな音を立てて、それは単調で陰鬱なミサの詠唱のようだった……「帰宅すると、靴を脱ぎ——というのも、裸足《はだし》で出かけようと決心していたのだ——ティヤールの死体と旅行鞄をこの男の外套で包んだ。山をも揺るがさんばかりに過度に昂奮し、ヘラクレスの怪力そのものと化した僕は、まるで柳の細枝で編んだマネキン人形を持ち上げるかのように証券仲買人を腕にかかえ上げた。僕の命令でロザリは明かりを消して扉を開けに行った……

「僕は重荷を担ぎ、忍び足でゆっくりと、確実に橋に向かって歩いた。汗が顔にしたたり落ちるのを否応なく感じていた。さらに恐ろしいことに、橋を渡りかけるや橋床が揺れた。向こうからやって来る人々に出会ってしまう。こうした気持ちはなんともいいようがない。僕は引き返そうと思った……少し立ち止まると橋の揺れは止んだ。そこで息を殺してゆっくりと進んだ。非常にゆっくり進んだので、橋はもう揺れなかった。このようにして、吊り橋を吊っている鉄鎖のカーブ[40]が手すりの支柱の脚に接する所までたどり着いた。僕はそこで一度立ち止まった。そして、耳を澄ました。僕の眼の中では幽霊たちが踊り、頭には地獄の音楽《ハーモニー》が充満していた。一刻も早く終えてしまいたかった。僕は死体を身の丈の高さにもち上げ、河の上で数秒間宙に支え、次いで落下させた。鈍い音が響きわたった。水しぶきが前後左右に飛び散った。それだけだった。同時に僕は今までとは違う人間になりつつあった。僕は自らの内部に揺るぎない確信がよみがえるのを感じていた。満ち拡がってくる官能的な喜びは際限がなく、もはや僕の胸の大きさでは収めきれないほどだった。僕は心中ひそかに誇りをもって自らを見つめていた。そして腕組みをして挑戦的かつ極度に侮蔑的な態度で黒い空を眺めていた。

「しかし、この心の高揚はなんと空しかったことか。そして、それが鎮まるのはいとも簡単なことだった。まさにその夜、ロザリに細目に開けておくようにいっておいた扉を押し開けようとしたとき、思いがけない抵抗を感じた。僕は隙間から小声でロザリを呼んだ。返事はなかった。不安に息が詰まりそうになりながら、全力を振り絞ってついに入ることができた。床には、扉の脇に哀れなロザリが気を失って扉の妨げになるように横たわっていた。やがてロザリは意識を取り戻したが、ただとりとめのないことをいうだけで、発狂したのではないかと心配させるばかりだった。それは発熱による錯乱に過ぎなかった……」

40　何度も洪水で流され、当時はもはやなかった木造の小さな橋に代えて、バルバラは作品中で、いまだ存在しなかった木の床を張った、鉄鎖で吊った吊り橋を赤い橋《ポン＝ルージュ》に適用した。木の床の鉄鎖の吊った吊り橋は一八六七年にギュスターヴ・エッフェルが初めてパリに建造することになる。未来の発明を作品に適用する発想は、バルバラが後に切り開くことになる新しいジャンル「空想科学小説《サイエンス・フィクション》」の萌芽とも考えられる。

16　後悔

　クレマンはずっと立ったままでいたばかりか、さらにときには話し方に非常に精力的な身振りと語調を添えていた。クレマンは先を続ける前に腰を下ろして休息し、ひと息ついた。マックスはといえば、大理石のように身動きひとつしなかった。顔からは血の気が引き、額は汗で濡れ、床に釘付けになった視線は、銃から出た弾丸さながら硬い一直線をなしていた。肩にのしかかる空気の柱は、鉛の密度をもっているかに思われた。マックスは精神的重圧に押しひしがれ、クレマンが話し止《や》めてから再び語り出すまでに、かなり時間がたっていたことに気づきもしなかった。

「僕の見せかけの貧窮、偽善的な回心、聖《サン》フランスワ・レジ会に支援されたロザリとの結婚、僕の身分、仕事、さらには次第にできていった生活のゆとりと、それを正当化し、必要とあらば帳簿を見せて証明しようとした執念を今ここで思い出していただきたい。そうすれば僕の策略が理解できると同時に、あなたが立ち会った不可解な場面のほとんどは説明がつくだろう。あなたがまだ知らなければならないこと、感じとることしかできなかったものは、僕がこれまで耐えてきたもの、そして今もなお耐えているものなのだ。

実際に起こったことを考え合わせても、僕の予測は何ひとつ誤ってはいなかった。僕にとっては何もかもがとても安心できる方向に進んだ。旅行鞄と十万フランがティヤールの逃亡計画をはっきりと示していたのと同様、無傷の死体と十万フランの現金、さらには、ティヤール自身が『不運な投機に巻き込まれて再起不能になった以上、恥さらしな場にこの身を置けないと感じている』と自分の女宛てに曖昧な言葉で綴った手紙、どれもこれもが異論の余地のない自殺の証拠に見えた。警察当局は、ティヤールが外国へ向かう途中で後悔の念に襲われ、そこから逃れるために自殺したのだと推測するだけだった。だから、それに異議を唱えるには及ばない。可能な限り巧妙に成し遂げられ、願ったとおりの情況に助けられた僕の犯行は、実際誰の目にも存在しなかったのだ。僕は嫌疑をかけられることも捜査を受けることも恐れる必要はなかった。したがって僕の理論では、なにものも決して僕の安全を脅かし得ないと断言できた。

しかしながら、僕は虚構の上に楼閣を築いていたのだ。それどころか、実際に起こったこと、僕が陥る羽目になった情況など、あらゆることがこう信じさせようとするのだ。『形式主義が支配する社会にあって、確実に罰を受けないことが凶悪行為を生み出す源になるとしても、この〈確実に罰を受けない〉とは、ほとんどの場合は虚構に過ぎない。抜群の能力をもった凶悪犯が巧妙であるために徒刑場や死刑台を免れたとしても、その凶悪犯は、自身が愚弄する罰よりも、さらに千倍も恐ろしい罰を自らの中に見出すことになるのだ……』

最初は、証券仲買人について僕自身があちこちで集めた噂、仲買人が貧窮に陥れた顧客たちから聞こえてくる苦情、彼の義母と妻との絶望、仲買人に対する大方の抗議の声は、僕をほぼ完全に安心させる助けになっていた。いうなれば、人々には犯罪がなかったものと考えられる助けになっていた。そしてトゥランシャン夫人宛ての手紙は、最後にもうひとつ、彼の卑劣な行為を僕に露呈したのだった。ティヤールはこの女性にすべてを——夫を、子供たちを、家庭を捨て去るように急《せ》き立て、ロンドンで会う約束をしていた。宝石類を忘れないよう注意を促し、また万一彼女が金の工面ができなかった場合のために、百フラン札五枚を本の頁《ページ》に挟み、僕に彼女のもとへ届けさせようとしていたのだった。

さらにつけ加えるならば、僕らは、事の真相が見破られないよう嘘で塗り固めた鎧《よろい》で身を護《まも》ることにひたすら懸命だったし、家庭を作るのにあれこれと気を配ったり、教会通いに精勤したり、仕事上もすることがたくさんあったし、結婚の準備もしていた。こうした事のために僕らは悔悟などという感情を思い出す暇もほとんどなかった。しかし、永久に続くと思われたこの平穏無事な日々は、全速力の列車の車窓を流れすぎる景色よりさらに速く通り過ぎていった。

この平穏は僕らの結婚当初から早々と搔《か》き乱された。神秘の力が直接介入したのでなければ、偶然が驚くばかりに聡明になってここにその姿を見せたのだと認めなければならない。起こったことがいくら途方もなく見えても、疑いをかけようなどと思わないでいただきたい。というのも実際、息子にその生きた証《あかし》が見られるのだ。もっとも、多くの人は純粋に肉体的で生理学的な事象のみから、きっとそこに合理的な説明を見つけて納得するのだろうが。

とまれ、僕はロザリの顔にある日突然、悲しみの痕跡を認めたのだ。僕はその理由《わけ》を尋ねた。だが、ロザリはうまく話を逸らせて答えなかった。翌日も、またその後に続く日々もずっと、ロザリの憂鬱は募るばかりだったので、僕はこんな不安から解放してくれと懇願した。ロザリはついにあることを告白した。だがそれはこのうえなく僕を動揺させずにはおかなかった。結婚の初夜、僕らが暗闇にいたにもかかわらずロザリは見たのだった。そうなのだ、見たのだ。僕があなたを今見ているように、僕ではなく、証券仲買人の蒼白い顔を。ロザリはそういいはった。初めは記憶がよみがえったに過ぎないと思い、それを追い払おうとして精根をすり減らしていたが無駄だった。というのも、亡霊は夜明けの曙光《しょこう》が訪れるまでロザリの眼前から姿を消さなかったのだ。そのうえ――ロザリが恐れおののくのは確かにしかたがなかった――この同じ幻影は同じ執拗《しつよう》さで数夜続けざまにロザリにつきまとって離れなかったのだ。僕は心底馬鹿にした風を装いながら、彼女が幻覚にまんまと騙《だま》されているのだと懸命に説き伏せようとした。だが、心痛がロザリの胸を占拠し、それが少しずつ、あなたも見たあの衰弱へと変わっていくのを見て、僕は自分の言葉を彼女に信じさせることがまるでできなかったのだと分かった。永く苦しい病と同じように苛々して不愉快な妊娠のために、この精神的不安はさらに悪化した。確かに出産は幸せをもたらし、ロザリを喜びで満たして精神状態に良い効果をもたらした。だがそれもほんの束の間だった。そのうえ僕は、ロザリが傍らに子供を置いて手に抱く幸せを奪わざるを得なかった。住み込みの乳母を雇えば、表向きの収入に比べ、僕の資力を超えた出費をしていると思われたにちがいなかったからだ。

子供を郊外に住む乳母のもとに預けると、僕らは羊飼いの少年と少女が登場する牧《ぼく》人劇《じんげき》のような、素朴で牧歌的な感情に心を動かされ、二週間ごとに子供に会いに行っていた。ロザリは子供を情熱的に愛していたし、僕は僕で熱狂的といっていいほど可愛がった。というのも不思議なことに、僕の裡《うち》で廃墟と化した精神の堆積物の上には、父親の本能だけがまだ健在のまま生き残っていたのだ。僕はうっとりするような夢に身を委ねていた。子供にしっかりとした教育をし、できれば、僕の悪徳、過ち、苦悩から守ってやろうと心に決めていた。子供は僕の慰めであり、希望だった。ここで僕が《僕》というとき、同じようにロザリのことも語っているのだ。ロザリは傍らで成長する息子を見守っていくことを考えるだけで幸せを感じていた。だから子供が成長するにつれ、その面貌《おもて》に、永久に忘れたいと願う人間とますますそっくりになってくる顔立ちを認めたとき、僕らの心配、不安はいかばかりだったことか！　最初はかすかな疑念に過ぎなかったので、さし向かいになってもそのことは黙っていた。やがて子供の顔つきがいよいよティヤールに似てきたので、ロザリは激しい恐怖に襲われてついにそれを口にし、僕自身はといえば、ひどい不安を中途半端にしか隠せなかった。そしてついには、尋常ではないほどよく似ているように思え、本当に証券仲買人が僕らの息子になって生まれ変わってきたように思われた。僕ほどに頭がしっかりした人間でなければ、すっかり動転してしまったことだろう。それでもまだ僕には自信があり、恐怖心までは抱いていなかったので、こんなものが与える打撃で僕の父性愛が揺らいでなるものかと思い、ロザリにも僕と同じように動じないでいるよう強くいい聞かせた。僕はロザリに、似ているように見えるのは偶然に過ぎないと断言し、子供の顔ほど変わりやすいものはなく、たぶんこんな類似は年齢《とし》とともに消えていくだろうといい足した。そして最後には、最悪の場合でも子供を遠くに置いておけばいいことだろうといった。だが、僕は完全に失敗した。彼女は二つの顔が似ているのは摂理の仕業《しわざ》であり、早晩僕らを打ちのめす恐るべき罰の萌芽なのだとあくまでいいはった。こんな確信のために、ロザリの心の安らぎは永遠に破壊されてしまったのだ。

子供のことはともかくとして、僕らの生活はどんなだっただろう。あなたは僕らの絶え間ない不和、不安、日ごとに激しくなっていく動揺を目《ま》の当たりにしていた。殺人のあらゆる痕跡が消え、もはや誰かを恐れる必要はまったくなくなり、僕の世評は誰にいわせても好意的になっていたというのに、こうしたもっともな理由に基づいた自信どころか、不安と苦痛と恐怖が募るのを感じていたのだ。このうえなく馬鹿げた妄想で、ありもしない話をでっちあげて、自分で自分を不安にさせていたのだ。だれ彼なしに、他人の身振り、声、視線のなかに自分の犯罪に対する仄めかしを読み取った。様々な仄めかしは絶えず僕を処刑人の拷問台に繋ぎ留めた。デュロズワール氏が自ら手掛けた予審の一つを話したあのパーティーの夕べを思い出していただきたい。僕がロザリの寝室から出ようとして予審判事と真っ向から出会い、判事がじっと僕の顔を見つめたときに感じたものは、十年の激痛といえども断じて及ばないだろう。僕はガラス張りも同然だった。予審判事は僕の胸の奥底まで見透かしていた。その瞬間、僕は絞首台を垣間見た。パーティーの最後に聞いたあの言葉、『首吊り人の家で綱の話は禁物』。そしてその他この類のありとあらゆることを思い起こしていただきたい。それは毎日、毎時、毎秒ごとの拷問だった。僕の心の中では否応なく恐ろしい荒廃が起こっていた。ましてロザリの状態はずっと痛ましかった。彼女はまさに炎の中で生きていた。家に子供がいると、そのために家での暮らしはまったく耐え難いものになってしまった。昼も夜も絶え間なく、僕らはひどい言い争いのなかで暮らしていた。子供は僕を恐怖で凍りつかせた。幾度も危うく子供の息の根を止めてしまうところだった。そのうえ、ロザリは自分の死を予感し、来世や懲罰を信じて神と和解することを渇望していた。僕はロザリを嘲弄し、侮辱し、殴るといって脅し、殺さんばかりに激昂した。ロザリがちょうどいい時期に死んでくれたので、僕は二度目の罪を犯さずにすんだ。なんたる苦悶！ それは永久に記憶から消えないだろう。

以来、生きた心地もしなかった。僕はもはや良心などもっていない、決して後悔などしないと思い込んでいた。ところがその良心、その後悔がいつも僕の傍らで生身の人間となって、子供の姿をして成長しているのだ。この子供は——僕は愚劣にも子供の面倒を見、その奴隷でいることに同意している——絶えずその姿と異様な眼差しで、いいかえれば、僕に向ける本能的嫌悪で僕を苦しめつづけている。どこに行っても一歩一歩後《あと》についてきて、僕の影の中を歩いたり、影の中に腰を下ろすのだ。夜、一日の労働で疲れた後、僕は傍《そば》に子供を感じる。そして、子供に触れさえすれば、眠気は吹き飛び、あるいは少なくとも、悪夢で掻き乱される。突然彼に理性が生まれ、舌が解き放たれて口を開き、僕を弾劾するのではないかと思い怖くなる。厳しい取り調べ。

あの拷問の真髄である『神曲』のなかで、地獄の責め苦に魅入られたダンテといえども、これほど恐ろしいものは一度として考えつかなかった。僕は拷問の偏執狂になる。僕は自分が殺人を犯した部屋を知らず知らずペンで描いているのにふと気づく。その下にこんな説明文を書く、《この部屋で僕は証券仲買人、ティヤール＝デュコルネを毒殺した》。そして署名する。こんな風にして熱に冒されたとき、僕はあなたに語ったことすべてをほとんど逐一日記に詳述した。

それればかりではない。僕は、人が罪人を罰する拷問を免れることができた。しかしその結果、僕にはこの拷問がほとんど毎夜繰り返されるのだ。僕は自分の肩に誰かの手を感じる。耳に『人殺し！』と囁かれるのを聞く。僕は裁判官たちの前に引き出される。蒼白い顔が僕の前に立ち現れてこう叫ぶ。『こいつだ！』。それはわが息子だった。僕は否認する。僕の素描《デッサン》と僕自身の手記とが署名付きで提示される。そう、現実が夢と混じり合い、恐怖を増大させるのだ。ついに刑事裁判で見られるあらゆる波乱

41　イタリアの詩聖と称されるダンテ（一二六五—一三二一）は、フィレンツェに生まれた。彼の『神曲』は「地獄篇」、「煉獄篇」、そして没するまでの七年間に完成された「天国篇」とから成る。

の場面に立ち会う。僕は刑の宣告を聞く。『そのとおり。彼は有罪である』。暗い部屋に連れて行かれ、そこに死刑執行人と助手たちがやって来て僕と一緒になる。僕は逃げようとする。だが、鉄の鎖が引き止める。そして叫び声が響く。『おまえにはもはや情状酌量の余地はない！』。僕は首すじに鋏《はさみ》の冷たい感触まで感じる。司祭が一人傍らで祈り、ときに悔悛するように勧める。僕はありとあらゆる冒瀆的な言葉でそれを拒絶する。半死半生となった僕は街路の石畳の上を荷車のガタガタする動きに揺さぶられて進む。大海の波の音にも似た群衆のざわめきを聞く。それればかりか無数の呪詛の声をも。僕は死刑台が見える所に到着する。その階段を攀《よ》じ登る。ギロチンの刃が溝を滑り始めるまさにその瞬間にやっと目覚める。

ともかく夢は終わり、僕が否認したかったもの、他ならぬ神そのものの前には引き立てられずにすむ。だから、神の前で光に眼を焼かれ、罪の淵に沈められ、卑劣な人間だと自覚する辛苦をなめさせられずにすんだ。僕は息が詰まり、汗が溢れ出し、恐怖で胸が締めつけられた。これまで幾度こうした苦しみをなめたか、もう分からない。

僕は阿片の助けを借りている。だが、苦しみが阿片の効果を上回ってしまいそうだ。苦しみと肉体の疲労とのこうした闘いほどむごいものはない。それなのに、そこからどうしても逃れたいとことさらに願うには及ばないのだ。どうせ僕は死ねないのだ。子供はどうなることとか。息子は僕にとり憑《つ》いて離れない。僕は息子の餌食、息子に奉仕する牛馬だ。息子は僕がくわえる轡《くつわ》の手綱《たづな》をがっしりと握り、ときどき唸り声を上げさせせんばかりに引っぱるのだ。後悔がいとも簡単に僕の心臓、臓腑を貪り喰ってはまた貪り喰うように、息子は僕を鎖でしっかりと生に繋ぎ留め、僕の四肢をこの地球に釘付けにしている。

だが、そんなことはまだ何ものでもない。眠れずに僕はしばしば起き上がる。亡霊のように街路をよぎってさまよう。原野にたどり着く。どこか人里離れた所に行って腰を下ろす。虚空《こくう》に現れる無数の星は、僕を凝視する同じ数の眼のように思われる。すると僕は見苦しくも身を屈める。われにもあらず両の手に額を埋《うず》めて瞑想にふけり、過去に沈潜して思考と行為の連鎖をあらためて組み立てる。こうした過去への思念に、草木のざわめきと不吉な犬の遠吠えとが、まるでそのどれもが僕を弾劾し呪う声のように混じり合う。これらの音は次第に膨らみ嵐になって唸り猛る。恐怖に凍りついて僕は立ち上がる。忌まわしい幽霊たちが僕の周りを輪になって踊り、野蛮な叫び声で耳を充《み》たし、その爪で僕の肉を引き裂く。僕の肉体は非常に頑強なので意識は失わずにいるものの、逃げる力はもはやなく、おそらくは幻覚のほうが根負けして、僕を残して離れ去るまで我慢しなければならない。

これが僕の生活なのだ。それがどれほど恐ろしいものかあなたにはお分かりのはずだ。ところが、僕が心から望んでいるのは、もっと苦しむことだけなのだ。ああ！　一つの眼には二十の眼で、一本の歯には二十本の歯でもって償いたい[42]。だが、一度でいいから僕は死にたい。僕の肉体がうじ虫の餌食となって、ついには死の休息を味わいたいものだ……」

クレマンは沈黙した。それ以上もはや何ひとついわなかった。長い不吉な静寂が生じた。

今しがた聞いた話のために、マックスはこのうえなく悲しい気持ちで胸が塞がれ、さらには激しい恐怖のために声も出ず、またいうべき言葉もなかった。彼は立ち上がり、しっかりしない足取りからそれと分かる、どうにも決断しかねた気持ちのまま扉に向かった。クレマンは、涙もなく泣き、声もなく嗚咽《おえつ》し、蒼白な顔で、まるでふやけたように頽《くずお》れ、ギロチンの刃が頸《くび》に触れる前なのに、すでに死に襲われている受刑者のように、いわば瀕死の状態だった。部屋を出るとき、振り返ってこの情景を見たマックスは憐憫の情がこみ上げるのを禁じ得なかった。永年の友であり、しかし、今では会ってももはや恐怖しか引き起こさないこの男に対して、立ち去る前に長い憐《あわ》れみの眼差しを送った……。

マックスは、このときを最後にクレマンのもとを去った。

人間が耳にできる最も恐ろしい打ち明け話の重圧に打ちひしがれ、哀れなマックスは、ひたすら歩みを進めるうちに野原に行き着き、長い間そこを当てどもなくさまよった。侘しさと辛さとが胸をいっぱいにしていた。息が詰まりそうで、眼は痛く、せめて重荷を軽くしようと選んだ孤独はやりきれない気持ちをいっそうひどくするだけだった。あちこち迂回を重ねたあげく、慰めを求める本能的欲求が、意思とは関わりなく、マックスをティヤール夫人の家まで導いた。すっかりやつれた恋人の姿に怯えた彼女は、「まあ、あなた、どうなさいましたの?」と不安になって尋ねた。

マックスは半ば息を詰まらせながら、恋人の足元に跪《ひざまず》き、激しくその膝を掻き抱

42　バビロニアのハンムラビ法典にある「眼には眼を、歯には歯を」に由来する表現。イエス・キリストは「山上の垂訓」でこの言葉を用いて復讐の禁止を教えた。

いた。そして、涙に濡れた顔と情熱に輝く眼を彼女のほうに上げて叫んだ。

「ああ、奥様！　僕は貴女《あなた》をどれほど愛していることか！」

測り知れない苦悶の表われたこの情熱の激発に接して、ティヤール夫人は知りたがっていたことも忘れ、自身もまた心の昂ぶりが胸を満たし、眼に涙がこみ上げてくるのを感じた……。

17　幸運な男

クレマンの失踪は気づかれずにはいなかった。最初のうちマックスは、彼の消息を知らないといってもどうしても認めてもらえなかった。当局はクレマンの情報を引き出そうとマックスをしつこく責め立てた。クレマンが今、アメリカ合衆国にいると信じられる十分な根拠があったにもかかわらず、マックスはどこにいるのか自分は知らない、といいつづけた。

十何年かの歳月が流れた。去る者日々にうとし。いない人は忘れられる。同じように、クレマンもいつしか忘れられた。マックス自身ももう以前ほど彼のことを考えなくなっていた。かつての友人の身に起きた出来事はおそらく記憶のなかに存在しつづけてはいたが、それはあたかも不吉な夢の印象だけが残っているかのようだった。あの頃起きた、驚くべき出来事すべては、陰鬱な想像力が生み出した幻想だったのだと、危うくそう思いそうになった。

しかしながら、マックスは偶然、友人のロドルフの家で、旅行者として世界を遍歴してきたばかりの一人の青年に出会った。ソステーヌという名でよく知られているこの青年は、誰が見ても「なるほど富豪の息子だ」という雰囲気をまとっていた。世界を遍歴したというのも、愛人のために破滅させられそうな息子を案じて、それから逃れさせるために母親が強いて長途の旅に出したのだった。彼は北アメリカに三年間滞在し、多少なりとも人の興味を引くに値する逸話の数々を思い出とすることができた。数多くの土地を訪れ、最後にオンタリオ湖畔に位置する小さな商業都市にかなり長い間滞留したという。遠来の客は平気で嘘をつける。あるいは少なくとも、平気でなんでも語れる。マックスとロドルフはさして注意も払わずに耳を傾けていた。と、突然この青年は話を中断した。

「おふた方はクレマンなる人物をご存知ではないでしょうか」ソステーヌは二人の友人に尋ねた。

好奇心に火のついたロドルフは急いで知っていると答えた。一方、マックスはびくっとして不安げにソステーヌを見つめていた。

「その人のことをお話ししましょう」とソステーヌは語を継いだ。「といいますのも、こちらでは作家と芸術家の世界で生活していたと、彼がそういっていましたので」

この出会いに非常に昂奮《こうふん》したロドルフは、いつもの軽率さで、耳を傾けるよりは語ることのほうに熱心になり、質問に質問を重ねた。ソステーヌの話は彼自身が関わったことなので格別に興味を引きつけた。マックスは、思っただけでも身震いしそうな一人の男の新たな生活を、思いがけずも非常に細部に至るまで知ることになった。

若い旅行者は、クレマンを奇妙な人物、隆盛のただ中にいながら本質的に惨めな謎の人物、少しでも近づくと、たちまち他人にいわくいい難い印象を抱かせる人物として語ったのだ。彼はかろうじて四十歳を過ぎたばかりなのに、その落ちくぼんだ眼、禿げあがった額、こけて蒼白い頬、前屈みの痩せ細った身体《からだ》は、老人の、というよりはむしろ生きてさまよう屍《しかばね》のようだったという。とても優しい性質でありながら、暗く、無口で、楽しさを理解せず、自分の身体《からだ》を破壊し尽くしてしまう、熱病的な活力に貪り喰われているようであった。

土地の人々が記憶するところでは、彼はつねに息子――父親よりさらに奇妙な蒼白い顔の若い男と一緒にいた。白痴のように黒い眼を凝らして見るし、生まれつきカールした黒褐色の長い髪は、いっそうその顔の蒼白さを際立たせていた。十五、六歳以上にはならないのに、輪郭の際立った顔立ちと上唇をぼかしている薄い口髭のために二十歳には見えた。だが知力の点では、六ヶ月の子供の水準にもなっていなかった。口を開いても、意味をなさない数音節を発するか、しゃがれた叫び声を上げるだけだった。息子は決して父親の傍《そば》を離れたことがなかった。眠るときでさえそうだった。

人々は、街路で、散歩道で、あたかも犯罪が恥辱と復讐を引きずるかのように、互いに腕を組み、父親が息子を引き連れている姿にしばしば出会ったものである。測り知れない不幸がこの男の生活を台無しにしているというのが、皆の信じるところだった。

彼は非の打ちどころがなく品行方正だった。自分の時間を惜しまず、仕事と善行に励んでいた。だが、それにもかかわらずいたるところで周囲の人に反感を覚えさせてしまうのだった。おそらく息子がいなければ、人々はその反感を抑えられただろう。しかし、いつも彼の傍で寝ているこの美しくも奇怪な白痴を見ると、まぎれもない激しい嫌悪感が呼び覚まされるのだ。人々は、まるで危険な蛇を避けるかのようにこの息子から顔を背けるのだった。

クレマンは癒せない金銭の渇きに苦しんでいるようだった。夢中で商売に勤《いそ》しみ、あらゆる取引で、並ぶもののない大胆さ、稀に見る巧妙さ、誰もが知る運の良さによって、すでに億万長者以上の存在だった。大きな倉庫を建て、様々な作業現場を拡大し、取引の範囲を拡げ、代理業者の数を増やしていったのに、彼はその地のとても質素な家で息子と暮らし、召使《めしつかい》も雇わず、生活のゆとりといった小さな贅沢さえも自らに禁じているようだった。所有する富とはまるでそぐわないばかりか、自らに課する多くの仕事の重さにもつり合わないこの厳格な禁欲は、彼が貧しい人々に対して、いつも過ぎるほど気前がよかっただけに、意表をつくものだった。望まれれば誰にでも労を惜しまず、両手にいっぱいの施しを与え、学校を創設し、病院の建設には多額の金を寄付した。その態度は、日頃、法の網をぬけ目なくかいくぐって彼につけ入る策謀家に対しても同様だった。彼は訴訟を起こすよりはむしろ、莫大な利益を進んで犠牲にしたのだった。

しかしそんなことはまだ何ものでもなかった。昼も夜もいつもクレマンは人の役に立ち、身を捧げ、さらには生命を捧げる心構えすらできていた。まるで危険極まりない場所でなければ、もはやどこにもくつろげるところがないかのようだった。都市《まち》に起こった災害を振り返れば、彼の勇気を思い起こさないものはなかった。人々は、真の英雄的行為といえる彼の様々な行ないについて競って言及した。たとえば、落雷で発生した火災が都市を今にもなめ尽くそうとしていた。風のため炎は驚異的な速さで街から街へと拡がっていった。住民はなすすべもなく恐怖と絶望に陥っていた。突然、今にも倒壊しそうな建物の骨組みのてっぺんで、赤味を帯びて渦巻く煙のなかに、斧を手にクレマンが現れた。建物の残骸に幾度となく飲み込まれそうになりながら、超人的な力で右を左をと打ち払い、いわゆる《延焼防止の取り壊し》にようやく成功し、こうして数多くの職人と経営者たちを破滅から守ることができたのだった。

その六ヶ月ばかり前には、悪天候の湖上で突然の嵐に襲われた四人を救った。勇敢にもクレマンは、四人を襲ったものよりおそらくはもっと大きな危険に、躊躇《ためら》うことなくわが身をさらした。稲妻が縦横に走る黒い空、オンタリオ湖を覆し波の山を巻き上げ怒り狂う強風を前にしては、最も大胆不敵な男たちでさえ勇気が挫《くじ》けた。彼らのいうところでは、錯乱した人間でもなければ、あんな暴風にあえて立ち向かうようなことはしなかっただろう。だからクレマンが小船に勢いよく飛び乗り、波に身を任せるのを見たとき、人々は言語に絶する恐怖に襲われ、即座にもう駄目だと思った。ところが、確実と思われた死を免れたばかりか、驚くほど幸運なことに、彼の大胆さは完璧な成功によってめでたく掉尾《とうび》を飾ったのだった。

最後にもうひとつ、悪疫が流行したとき彼が繰り広げ、貫いた真に気高い献身を、住人たちは必ず感激しながら思い出すのだった。悪疫のために住民は全滅といっていい状態だった。金持ちも、司祭も、医者でさえも、少なくとも死ななかった者は皆逃げ去ってしまった。見るものといえば死者か瀕死の人ばかりだった。伝染を免れた人も、教会と庁舎になびく黒い旗を見て、恐怖で今にも死にそうだった。だが十里四方にわたって激しい恐怖をまき散らした災禍を、クレマンは気にも留めていないかに見えた。逃げ出すどころか街中を駆け回って、こちらでは人々の勇気を鼓舞し、あちらでは行動に立ち上がらせ、そして自らは病人の面倒を見、死者を埋葬した。持ち前の大胆不敵さで多くの人々を救ったばかりか、疫病ですでに人口の激減した都市を、死力を尽くしてペストから守った。しかし、災禍は彼と息子には触れもせずその頭上を通り過ぎた。心底死を軽んじているこの男は、どう考えても、同じように死に軽んじられているようだった。

これほどの尽力にもかかわらず、クレマンに対する感謝の念とは、いわば迷信に対するように恐怖と不安の入り混じった讃嘆の気持ちでしかなかった。彼の特異な振る舞いや態度は、人々を不安にさせる種をあまりにもたくさん生み出したのだった。感謝されても彼は戸惑うばかりだった。人間との接触は彼を心底、恥じ入らせた。憂鬱、自己犠牲、無鉄砲は悔恨から生じる現象に似ていた。そのうえ、夜になると家からは、父と子が喧嘩を始め取っ組み合いでもしているとしか思えない野蛮な唸り声がときどき漏れてくることを誰もが知っていた。彼の風貌、寡黙、それに息子の外観だけですでに十分、いや十二分に、親しくなってみようかという軽い気持ちすら誰からも失せてしまった。だから人々が彼を避けようとしたのは当然といえた。

ソステーヌはクレマンの住居からほど遠からぬところに建つ家の二階に住んでいた。彼からすれば、クレマンの噂のいくつかは明らかに矛盾していた。もっとも、人々がそれをでっちあげたか、あるいは少なくともひどく誇張したのかもしれなかった。つまるところ、このフランス人は人間のなかで最も無害で善良であると内心誰もが考えていたのだ。ソステーヌはこのフランス人を訪問しようと決心した。

クレマンから受けたもてなしにソステーヌは完全に満足していた。見たところ、流布している噂話に合致するものはまるでなかった。最初、ソステーヌは軽はずみな断定をしなくてよかったと思った。だがそれは性急すぎる判断だった。知らず知らずのうちにソステーヌは、とても悲しむべきクレマンの特徴に気づいて、じっと熱心に観察した。クレマンは息子のあらゆる気紛れにいいなりになっていた。息子を熱愛し、息子に従うことに喜びを見出しているようだった。しかし子供のほうはこの愛情にも、この心遣いにも心を動かされることはなかった。叫び声を上げて威圧的に要求し、それが手に入るや、たちまち無感動な状態に立ち戻るのだった。子供は泣きわめいて父親の愛撫を拒み、陰鬱で蒼白な顔、硬い眼差し、一直線に結んだ強情な口元と沈黙とで、自分の父親を恐怖におののかせる不可思議な特権をもっていた。初めてこの子供を見た人々が、強い衝撃を受けないはずがなかった。

クレマンは求められもしないのに、同郷の彼に打ち明け話をした。「私は、すべてがうまくいきました」彼はいった。「まったく、自分の幸運が理解できません」。惨憺《さんたん》たる事業も彼が関わり合うやたちまち素晴らしい事業になった。実際、当地では「クレマンさんのように幸運な」といういい回しができていた。住み着いてから十一年もたたないうちに輝かしい富を貯えた。

だが、彼にはそれでは足りなかった。ヨーロッパに帰る前に幾百万フランかを貯えたかった。故郷の地に有用な施設をいくつも設立したかったのだ。

クレマンから打ち明け話をされるほどの信頼に勇気づけられ、ソステーヌは思い切って彼の不治の憂鬱について尋ねた。クレマンは当惑した様子だった。「私は熱愛する女性を失くしました」とうとう彼は顔を背けていった。「年老いた日々を一緒に暮らそうと考えていました。彼女の死によって私はまったく一人ぼっちになってしまいました。ご覧のとおり、息子はどうせ白痴ですし。彼女を失くしてからというもの、一時《いっとき》の安息も味わったことがありません。苦悩は時のたつにつれよりいっそう募るのです」

ソステーヌはさらにこんな台詞《せりふ》を思い出した。

「私は腹の減ることも喉の渇くことも決してありません。ほとんど眠りません。引き受けた仕事はどんなに頑健な肉体をも疲れ果てさせるほど過酷なものなのですが。このうえなく激しい疲労のただ中でも忘却を得ることができません。頭だけは一向に疲れずに自分勝手に働くのです。疲労で倒れそうになっても、思い出の重圧に押し潰されそうになるのです。こんな風なのに、どうやって生きていられるのか分かりません。命が異常なほど肉体に執着するのにちがいありません」

これほどの執拗《しつよう》な苦しみにソステーヌが驚いていると、涙を絞らんばかりの口調と様子でクレマンは続けた。

「ああ！　それに、残酷な病が私を苛《さいな》むのです。私を押し潰そうとする暗い憂鬱を追い払うために、気を紛らし、この世のありとあらゆることを試みていますがうまくいきません」

やがてクレマンと息子は、二人がいるといつも最後には人々に抱かせてしまう嫌悪感をソステーヌの心にも呼び起こした。ソステーヌは急いでその土地を離れ、もはや再び彼らに会うことはなかった。

18 結末

最後に、もう一つの試練がマックスを待っていた。クレマンと親しかったというだけのことから彼に生じた様々な心配の種は、クレマンが死んだからといってなくなるわけではなかった。五、六年後、マックスは、いくつかの新聞で友人の死を知ると同時に、そこでは必ず自分の名がいっしょに語られるという憂き目に遭ったのだ。クレマンは、ついに自分の最期が近づいていることを理解した。最後にいま一度故国を見たいという激しい思いに襲われ、大急ぎで蓄財し、ヨーロッパに向け帆走する船に息子と一緒に乗り込んだ。

航海は長く、しばしば嵐に見舞われた。船乗りが思い出し得る限りでは、大気がこれほど目まぐるしく急転する様相を見せたことは、おそらくそれまで一度もなかった。あらゆる苦悩に心を引き裂かれ、疲労困憊《こんぱい》していたクレマンは、荒れ狂う風に絶えず打たれて波立つ海にはとても耐えられなかった。航海の日々は、正真正銘の断末魔の苦しみでしかなくなった。同船した乗客たちは彼が今にも息絶えるのではないかと心配しつづけた。苦しみのために彼は痛ましい呻き声を発していた。海に投げ込むか、さもなくば、せめてどこかの浜辺に降ろして欲しいと懇願しつづけていた。船長は哀れに思い、二、三時間陸にいればこの哀れな男の苦痛が少しは鎮まるだろうと思った。船は、新大陸とヨーロッパ大陸のちょうど中間に位置する、荒れ果てた島の接岸しやすい場所に停泊した。

漕ぎ手が船長とクレマンを岸辺まで連れて行った。二人は上陸し、丘陵の斜面をゆっくりと攀《よ》じ登って島の中を進み、間もなく丘陵の陰に姿を隠した。二時間ばかりが過ぎた。太陽はすでに沈もうとしていた。だが二人は戻って来なかった。彼らを連れて行った漕ぎ手たちは迎えに行ったほうが確かだと思い始めていた。と突然、船長のシルエットが沈みかけている太陽の円盤上にくっきりと現れた。一人だった。彼は走っていた。そしてすぐに部下たちと合流した。クレマンが雷に打たれたように急死したところだった。

船長は彼の死と付随する情況を調書に取らせた。

　クレマンは極度に衰弱していて、ほとんど身を支えていられないほどだった。突然、錯乱にも似た熱っぽい昂奮《こうふん》にとらえられた。彼は愕然とした眼差しで風景を見やった。眼前には、おだやかに起伏する不毛の原野が拡がっていた。木もなく、いかなる種の植物も生えていなかった。彼方《かなた》には海が拡がり、その表面には暗い菱形と輝く菱形の波が交互に限りなく続いていた。単調で錯雑した波のさざめきが彼の心を悲嘆で満たしていた。凍《い》てつくような冷たい風、そして西の方角では赤色の数条の帯に貫かれた灰色の空が、この場所を最もおぞましく、最も悲しい場所の一つにしてしまっていた。

　クレマンはこうしたことを指摘した。彼は手をかざしながら昂奮してさらにいった。

「船長、これが私の人生の心象《イマージュ》です。不毛、恐怖、そして絶望の」

　ほどなく、錯乱した様子でまたいった。

「聞こえませんか？　私には何かが呼んでいるように思えるのですが」

　なるほど、海のざわめきがこうした幻覚を生み出すのかもしれなかった。

　クレマンはさらに数歩、歩を進め、そしていった。

「船長、腰を下ろしましょう。気分が悪いのです」

　数秒も腰を下ろしていないのに、彼は急に立ち上がった。

「行きましょう！」クレマンは叫んだ。

そして体力が尽き、立ち止まった。

彼は消え入るような声でいった。

「不思議なことだ。もう目が見えない」

彼は息苦しくなった。

「息が詰まる、助けてくれ！」

心配して見守っていた船長は駆け寄った。しかし支えるには遅すぎた。クレマンは大きな物体のようにどうと倒れた。彼は息を引き取っていた。

彼の墓場は大海原だった。

手持ちの書類からは、自筆署名のある不完全な遺言の草案が発見された。それは、明確にマックスを包括受遺者に指名していた。それを除くと彼の意志のほとんどは、これほど明確には表現されていなかった。時間がなかったのだろう。彼をよく知る人は、それでもそうしたものの真意を容易に読み取ることができた。証券仲買人から奪った金額の三倍になる財産の半分は、ティヤール夫人に戻されることになっていた。他の半分からは、息子が病院で最高の世話を受けるのに十分な終身年金の元金がさし引かれるようにというクレマンの意思が読み取れた。この遺言のずっと以前に書かれた別の覚え書は、彼がいかに深く子供を愛し、変わらぬ精神力とエネルギーで絶えず子供の未来を案じつづけていたかを示していた。そして最後に、息子の終身年金の元金を差し引いた財産の残金は老人救済院に病床を創り、その他様々な慈善施設に基金として使われるようにということであった。

彼に敬意を表して執り行われた教会の葬儀では、『善行を為《な》しながら生きた』というテーマをめぐって献辞がいくつか述べられた。

それは確かにひとつの事実であった。彼は善行をして生きた。善行に善行を積み重ねた。人々に気持ちよく受け入れられようと、尊敬を得ようと、賛嘆に相応《ふさわ》しくなろうと努力した。懐疑主義《セプティシスム》のなかで揺れ動き、悔悟をしたのではないにしても、怯えた彼は大変な寛大さと献身とによって、増大する耐え難い恐怖が和らげられることを、おそらくは、ひそかに期待していたのだ。

われわれは彼の錯覚がいかに深刻なものであったかを見てきた。

自らの知らないものは認めない社会、合法性こそ至高の道徳である社会。そこから逃れてもなおかつ、前代未聞の苦しみに陥ったのだ。その苦しみの原因に異議を唱えても無益であろう。歳月はその身を苛《さいな》む思い出を消すどころか、その激しさを増し、あらゆることに鑑《かんが》みて、彼は死の中にさえ苦しみの終焉《しゅうえん》を見出せないことに絶望していたと信じられる。

少なくともメモ帳には、死の数日前に震える手で書き留めた次のような明確な告白が残っていた。

「いや、人がなんと主張しようと、良心と呼ばれるものは単に教育の産物なのではない。悔悟も、苦しみも、永遠の自己犠牲も贖《あがな》うことのできない罪、本質的に自然に背く罪、否応なく人間を人間の世界から排除する罪がある」

以上が彼の人生であり結末であった。その恐るべき事柄のなかに心を慰め得る何かを見出すとすれば、それは間違いなくマックスの幸運であろう。彼にとっては苦悩とは魂の薬味のようなものであり、貧困と障害は反逆の気持ちを煽るどころか、有益な痛みなのであり、能力の鈍麻《どんま》に対する刺激剤である――そのように彼が考えていたことが思い出される。マックスは自分の忍耐、勇気、正しい考え方の果実を収穫するにちがいなかった。実際、永く、言語に絶する責め苦に疲れ果てたクレマンが、後悔と絶望に襲われて故国から遠く離れた孤島で息絶えようとしていたとき、マックスは輝かしい境遇に恵まれて、その思いを遂げようとしていた。

解説

亀谷乃里

シャルル・バルバラとの出会い

私が指導教授であるリュフ教授に出会う幸運に恵まれたのは一九七四年、すでに四十年も前のことである。

月に二度か三度、大学があるニースから五十キロメートルばかりヨーロッパ・アルプスを登ったところ、グラースにあるリュフ先生のお宅にうかがって指導を仰いでいた頃、ある日、ジェネピという透きとおった目のさめるばかりの緑色のお酒を小さな杯に注いで下さりながら、「このジェネピは一つまちがえば命のない、危険なアルプスの絶壁で採集される植物です。つまりこのお酒はときには人の貴い命とひきかえになることもある貴重な飲物なのです」等、あれやこれやとよもやま話をして下さった。その後、いつものように先生と稀覯本《きこうぼん》を読んでいる最中に、他の多くの作家の名と一緒にふとシャルル・バルバラの名前が先生の口をついて出てきた。とはいっても、それまでに先生はおもしろい作家の話を山ほど聞かせて下さっていたから、そのときは特に何とも思わなかった。ヴァイオリンを演奏し、彼を中心とする三重奏団、四重奏団がボードレールに音楽の面で影響を与えた作家として、リュフ先生の博士論文を通して日本にいたときから興味はもっていた。「パリで国立図書館《ビブリオテック・ナシオナル》に行く機会があったら彼の作品を読んでごらん」といわれて、不肖の弟子は、フランス人としては変わった姓があるものだと思いながら、素直に当時フランス国立図書館にあっただけのバルバラの本を読んだものだった。

読むなかで、この作家は私に大きな共感を抱かせた。おそらくはバルバラの作品がもつ音楽的抑揚と文体の動きが、私の心を捉えたのだと思われる。そしてなによりも私を虜にしたのは彼の真摯さだった。それは、自らの内にも外にもつかまるもののない現代の人間、自由意志によって生きざるを得ない二十世紀人の私と、そうした同じ混沌の世界にまさに足を踏み入れつつ手探りをしていた十九世紀半ばの作家とが共感したのだと思う。しかしそのときは、バルバラをテーマに博士論文を書くことは思いつかなかった。だが、強い興味にかられた私は、知らず知らず調べ物を始めていた。一九七八年くらいのことだった。

その作業の過程で、彼がとても独創性に富んだ作家で、なにか革新的な試みをしていることはそれとなく感じていた。ニースに帰ってそんなことをリュフ先生に話し、バルバラに関する情報を得る手がかりがほとんど無いことを話すと、先生から明快な答えがすぐに返ってきた。バルバラは非常に頭のいい作家だ。だが、もう百年以上も闇に葬られている。今、世に出さなければ永遠に知られることはないだろう。彼は文学史の中に場所を与えられるべき作家なのだ、といわれた。そして、次の機会には、「赤い橋《ポン＝ルージュ》の殺人」と「ウィティントン少佐」を取り上げて論じ、この二作品に「選集」をつけて博士論文を公刊すればいいと助言して下さった。公刊とは、ここではフランス国立図書館とニース大学図書館に収めて一般に公開するという意味である。

なにはともあれ、バルバラに魅せられた私は彼の生涯を辿り始めたのだった。それは純粋な喜び以外のなにものでもなかった。

その頃バルバラに関して私が把握していた資料といえば、リュフ先生の博士論文『悪の精神とボードレールの美学』の中のいくつかの言及、友人シャンフルリの『青春時代の回想と肖像』の中の一章と、ボードレール研究の第一人者とされているクロード・ピショワによるボードレールの『書簡集』（プレイヤッド版）に含まれるバルバラに宛てられた数通の手紙とその註、それにボードレールが書いた『ボヴァリー夫人』に関する論評の中のバルバラに関するたった数行の言及など、きわめて貧弱なものしかなかった。もちろんバルバラに関する研究書はあるはずもなく、彼の作品の書誌など論外だった。

たまに彼の名が登場するときには、シャンフルリやデュランティ、そしてミュルジェールのような、自らをレアリストと称し、それまでの流れに対し新しい道を模索していたグループ〈放浪芸術家《ボエーム》〉の一員としてだった。だが、その筆致からはバルバラが彼らと同じ類の作家だとは私には感じられなかった。手に入るわずかな情報も多くの誤りに満ちていることがわかってきた。たとえば、前述したボードレール研究家のクロード・ピショワは、彼のプレイヤッド版『ボードレール全集』でも『仏文学史』でも、バルバラは一八二二年生まれとしていたが、私の調査の結果、実は生まれは一八一七年、死んだのも一八八六年ではなく二十年早い一八六六年が正しいとわかった。同時代の友人たちによって誤り伝えられた事実もずいぶん多かった。こんなわけで、私はまずすべての情報を疑って調査を始めなければならなかった。

バルバラの生涯を辿ることと彼の作品を新聞、雑誌の中で見つけるための作業は複雑多岐にわたったが、ここでは、具体的な作業をほんの一部だけ紹介しよう。

まず一番はじめに、リュフ先生の忠告に従ってG・ヴァプローの『現代世界人名事典』(*Dictionnaire universel des contemporains*、一八五八、一八七〇)を見た。バルバラの生年は一八二二年とあった。『十九世紀ラルース大百科事典』にも同じ年が記されていた。次に、不定期刊行ながら、ボードレールの研究冊子『クラメリアン』をリュフ先生とともに長年発行されていたジャン・F・デジャルダン氏に手紙でバルバラの生年を尋ねてみた。すると、フランス国立図書館で見つけたといって自らの手で写しとった結婚証明書を送って下さった。それを見ると、バルバラの生年はヴァプローの記述とは異なり一八一七年だった。これをもとにオルレアンで出生証明書を見つけた。ヴァプローといえば当時王立史料編纂官であったし、彼の人名事典は非常に権威があり、それにヴァプロー自身がバルバラと同郷のオルレアン人であることから、まさかまちがってはいまいと思っていたが、記述は誤りだったのだ。バルバラの生涯を辿ろうとしていた私にとっては、この発見は宝物だった。生まれた年がわかれば後の調査すべてにそれが役立つ。最初に五年まちがっていれば、後はもう何を調べても全部五年ずつずれたところを調べることになるのだ。

出生証明書からは父が弦楽器製造業者であることがわかり、結婚証明書からは父の死亡年月日と場所がわかり、そこから父の死亡証明書が発見できた。そして、その証明書からは父の出生地がわかり、さらに調査を進めてドイツの教会から洗礼証明書を手に入れて、バルバラがプロテスタントであることも判明した。念のためにいえば、フランスはカトリックの国である。これはバルバラのテキストを読むうえでも、後の調査においても、とても重要な事実であった。カトリックの教会からはバルバラの資料は出てこないのである。

書簡については、バルバラの数少ない友人のコレクションを探した。いくつもの図書館の古文書部門や古文書館に行って書簡や資料を探し出した。結果として十八通のバルバラの書簡を発見できた。そうした手紙の中には貴重な情報をもたらすものも多かったが、彼の生涯を再構成するにはとても十分とはいえなかった。しかし、友人が書いた手紙、特にボードレールの書簡はなくてはならないものだった。

バルバラの生家はもはや存在しなかった。彼が生まれたバニエ通り二八番地とその前後の番地はもはやなく、聞くところによれば、ここは第二次大戦でドイツ軍の爆撃にあったということだった。だからこの線での資料は期待できなかった。

次に挑戦したのが一番おもしろくて、しかし時間と労力を要したことだったが、雑誌や新聞にバルバラが発表した作品を探し出すことだった。今のようにインターネットはなかった（それに、バルバラのデータが少しずつインターネットに上がってきたのは私の研究が出版されて二十年くらい後のことだ）。当時、その存在さえ知られていない作品を日本人の私が探し出すなど！　と私の頭は真っ白になった。しかし数日考えていると方法はあったのだった。

まず、バルバラが寄稿した可能性が高い定期刊行物については、考え得る期間の刊行物を一ページ一ページ丹念に調べた。パリの国立図書館の机に陣取って、朝から晩まで、五十センチほどの高さになる雑誌や新聞の柱を何本も積み上げ、日曜日を除いて毎日調べた。それから、バルバラが寄稿したことが全然わかっていない定期刊行物については、彼の友人たちがバルバラの傾向に近い作品を載せているものを選んで、主にその友人が掲載した期間の後を探した。わずかながら手に入れたすべての情報を、ともかく整理したノートと頭の引き出しから引っ張り出し、それらを総合すると当たらずとも遠くはないところに到達する。次に図書館でその辺りの定期刊行物を一枚一枚調べる。こんな具合にしてバルバラの作品を九五パーセントくらいは見つけることができたと考えている。

こうして気が遠くなるような方法で得られた資料から見えてきたバルバラのポートレートを簡単に描いてみよう。

人と生涯

シャルル・バルバラは一八一七年、オルレアンで弦楽器製造業を営むドイツ生まれの父とオルレアン生まれの母との間に生まれた。宗教はプロテスタント。兄はドイツに留学し後にピアニスト、オルガニスト、かつ作曲家となり、弟はピアノ調律師となる。バルバラはこうしたいわば音楽的風土に育った。若くしてパリに出た彼はボードレールと同じルイ・ル・グラン中学校で学業を終え、一時はパリ高等音楽院《コンセルヴァトワール》で勉強したこともあった。しかし、自然科学にも強い関心をもっていた彼は最初は理工科大学校《エコール・ポリテクニック》に学ぼうと考えていたが、転じて文学の道に身を投じた。友人の作家ミュルジェールはバルバラが文学を聖職と考えていたといってからかっている。当時のバルバラは孤独で極端に非社交的で、仲間内の会話にも黙って耳を傾け、ポケットからノートを取り出してはメモを取っていた、と友人の作家シャンフルリは回想している。また、写真家で友人のナダールがボードレールと一緒にこっそりとバルバラの屋根裏部屋を訪れたときは、暗闇にひとりでスツールに座っていた。「何をしているのだ」と聞くとただ一言「考えているんだ」とだけ答えたという。許されぬことを考えているバルバラをふいに訪れた人間に対して投げ返された短い言葉は、あまりにも多くを語ってはいないだろうか。

〈放浪芸術家《ボエーム》〉のグループに集まった若者たち、自らをレアリストと呼んだ人たちは、それまでの文学、芸術の流れであるロマン主義、理想主義に反旗を翻し新しい道を模索していた。そうしてその活動の中心である小さな新聞、「海賊《コルセール》」紙、「海賊《コルセール》＝悪魔《サタン》」紙に寄稿し、互いに友人の成功のために献身的に助け合った。バルバラが、『悪の華』の詩人ボードレールや〈芸術のための芸術〉の信奉者で『女像柱《カリヤティッド》』の詩人バンヴィルと知り合うのもこうした交流を通じてであった。

音楽は、〈放浪芸術家《ボエーム》〉での重要な活動領域であった。優れたヴァイオリン奏者であったバルバラは四重奏団をつくり、学生やお針子などを前にコンサートを催したこともあった。絵画的素養はあったものの音楽の分野ではこれといった教育を受けていなかったボードレールが身近に音楽に親しみ、生来もっていた情愛深い性格と相まって音楽性を育《はぐく》んだのは、親友であったバルバラとその周囲に集まった音楽家たちの中であった。バルバラの作品はしばしば、多様な音楽的要素を含み、音楽的情感が脈打っている。

バルバラの文学デビューは、一八四四年の「靴料理（美食の小話）」という短編だった。この年には一八四六年に「海賊」紙に発表することになる贋金造りの物語で探偵小説の先駆をなす犯罪小説、「ロマンゾフ」がすでに書き上げられる。その後「カーテン」（一八四六）等幾編かの幻想的でかつ心理的な短編を「芸術家《ラルティスト》」誌に発表する。

ボードレールがアメリカ人作家、エドガー・アラン・ポーを翻訳して世に広く知らしめたことはあまりにもよく知られている。ボードレールの伝記作者であり、この詩人とバルバラの共通の友人でもある、シャルル・アスリノーが、ポーをボードレールに教えたのはバルバラであると記したことがあるのは興味深い。ことの真偽はともかくとして、バルバラがボードレールとともにかなり早くからポーを理解し傾倒してその着想を楽しんだことはまず確実である。

一八四八年の二月革命の頃には貧窮のため故郷のオルレアンに戻り、いくつかの新聞編集に携わり、自らの作品やパリの友人たちの作品、それにパリの「平和《デモクラシ・》民主主義《パシフィック》」紙に掲載されたポーの「黒猫」の翻訳を自らが創刊した「民主主義者《ル・デモクラット》」紙に、「モルグ街の殺人」を「憲法《コンスティテュシオン》」紙に掲載する。

一八五〇年には「憲法」紙を解雇され、再び窮乏に陥ったバルバラはパリに戻り、その後次々と優れた作品を発表する。「文芸家協会《ソシエテ・デ・ジャン・ド・レトル》」誌に、ボードレールが賞讃した短編「エロイーズ」（一八五二）等を発表し、やはりボードレールの紹介で「パリ評論《ルヴュ・ド・パリ》」誌の主幹、マクシム・デュ・カンと知り合い、この雑誌に中編小説「赤い橋《ボン=ルージュ》の殺人」（一八五五年一月一日と十五日の二度に分けて掲載）や、後に『感動的な物語集《イストワール・エムヴァント》』（一八五六）に収められる短編「音楽のレッスン」（一八五四）等を発表する。「赤い橋の殺人」は発表後、同年七月に結論を現代的に大きく書き改めてベルギーのブリュッセルで出版される。だが、一八五八年にこの作品がフランスで劇化、上演されたのを契機に、本国でも初めての単行本でアシェット書店から出版され、十九世紀中に版を重ねることになった。

ついでながら、『赤い橋の殺人』にはバルバラの生存中に四つのヴァージョンがあった。本書の翻訳は一八五八年にフランスで初めて単行本として出版されたヴァージョンである。前述のように本作は最初、一八五五年に「パリ評論《ルヴュ・ド・パリ》」誌に掲載され、その最後の部分は、より現代的な科学的思考の色合をもった本書のヴァージョンとはかなり異なり、神秘的な因果応報の思想が色濃く見られる。つまり、幻想性が顕著で、他の三つのヴァージョンと比べて別格の感がある。

ボードレールはバルバラを出版社ミシェル・レヴィ書店に推薦して、自らが翻訳するポーの短編集『異常な物語集《イストワール・エクストラオルディネール》』（Histoires extraordinaires）（一八五六）と対をなすかのような題名をもつ短編小説集『感動的な物語集《イストワール・エムヴァント》』（Histoires émouvantes）（一八五六）をほとんど時を同じくしてこの出版社から刊行させた。『感動的な物語集』では屋根裏部屋から病院に至るまで、人々の日常生活にスポットライトを当て卓抜な心理観察に基づいて、人々の内面生活を描いている。他に、彼の真価を体現した「ある名演奏家の生涯の素描」（一八五七）や「ウィティントン少佐」（一八五八）——これはジュール・ヴェルヌの「気球に乗って五週間」（一八六三）に先立つサイエンス・フィクションである——が「フランス評論《ルヴュ・フランセーズ》」誌に発表される。これらの多くは論理性と科学性をもちながらファンタスティックな要素がかなり強い。この時代とそれ以後にも、多くの中短編小説を発表する。諸作品は一八六〇年に出版される名著『私の精神病院《メ・プティト・メゾン》』——奇才、奇人のコレクションである——や、数冊の単行本となって世に出た。バルバラは、自らが精神病の素質をもっていることを危惧し、当時名を馳せた精神科医バイヤルジェの講義を受けており、この名著を彼に捧げている。

彼はかなり遅く一八六一年に四十四歳でやっと結婚し二児をもうけるが、一八六五年にパリを襲ったコレラのため、わずか数日の間に下の息子と妻、さらには義母を奪われ、三歳半の息子と共にとり残された。バルバラ自身も高熱に倒れデュブワ市立病院に運ばれるが、病の癒えかけたとき、未来の暗澹たる生活を思い描き四階の窓から身を投げてその生涯に終止符を打った。一八六六年、四十九歳であった。孤独な生涯と死亡時の悲惨な事情のため、その後人々が彼の名を口にすることも稀になった。当時マザリンヌ図書館の館長をしていたシャルル・アスリノーやプロヴァンスに身をひいた『風車小屋便り』の著者アルフォンス・ドーデ、その他の友人が彼の才能を認め、忘却から救おうとしたが力及ばなかった。

モデル小説として

『赤い橋《ポン＝ルージュ》の殺人』は探偵小説の側面をもち、また暗黒小説《ロマン・ノワール》もしくは恐怖小説でもあり、超自然的性格をもつとともに哲学的な心理小説でもある。そしてもう一つ、前項で述べた当時自らをレアリストと称した人たちの作品の多くを特徴づける〈モデル小説〉の側面もある。つまりこの作品は実在する人物や事象がモデルとなっており、〈放浪芸術家《ボエーム》〉のグループや「海賊《コルセール》」紙、「海賊《コルセール》=悪魔《サタン》」紙に足しげく出入りした若者たちの物語である。その意味で少し乱暴な言い方をすればこれは前述の作家ミュルジェールならぬバルバラ版の『放浪芸術家《ボエーム》の生活情景』である、といいたくもなる。

主人公クレマンが証券仲買人ティヤールを青酸化合物で毒殺するという、あの身の毛もよだつ犯行がなされたのは〈赤い橋《ポン=ルージュ》〉のすぐ近く、サン=ルイ島のサン=ルイ=アン=リル通り――ボードレールが住んだピモダン館もこの小さな島の中、赤い橋からほど遠くないところにあった――のとあるあばら家であり、屍体を投下した〈赤い橋〉とは小説以前には実在し、サン=ルイ島とシテ島をつなぐ赤い橋――鉛丹塗装をされた、人間しか渡れない赤い木の橋だった。

人物について見るならば、たとえば、主人公クレマンの親友、マックス（正式にはマクシミリアン・デストロワ）のモデルはこの小説の作者、シャルル・バルバラに他ならない。デストロワとは英語のDestroy（破壊）である。なんと象徴的な名前だろうか。「一見ひよわそうではあるが、金髪に鋭い眼光、毅然たる性格を示す彫りの深い顔立ち」、三流オーケストラのヴァイオリンのパートで糊口をしのぎながら文学を志す青年の中に、我々は彼自身を見出すことができる。文学、芸術に関するバルバラの姿勢を見るならば、「芸術作品とは、一般に困難の中から生まれ出るもの、とりわけ、苦悩が産み落とすもの」と考えている彼は、貧窮の中にあっても苛立ちもいささかの反抗心も持たなかった。

いっぽう、ロドルフのモデルは、すでに何度も言及したバルバラの友人で『放浪芸術《ボエーム》家の生活情景』の作者、ミュルジェールである。彼はその著作の中でシャルル・バルバラをバルブミッシュという滑稽な渾名《あだな》——髭をはやし、粗野で、娘に声もかけられない臆病な若者、の意をもつ名で登場させてあちこちでさんざんからかった。これのいわばしっぺ返しであろう、今度はバルバラが自らの小説の中でミュルジェールに、いたるところでなんとも不名誉な役割を与えている。たとえば、彼はウールの長靴下《バ・ド・レーヌ》「へそくりを隠しておく長靴下＝小金持ち」ならぬ、それよりもっと多く硬貨の入る丈夫な皮革の長靴下《バ・ド・キュイール》と渾名をつけられる。「金属の音がするこの獲物を追い求めて多くの時間をつぶし、器用で巧みな才能を浪費」するロドルフはコマーシャリズムの潮流に乗ろうとする軽薄な現代の一典型として描かれている。

またある小新聞に連載された「放浪芸術家《ボエーム》の情景」をもとに五幕物の「演劇のごった煮《ブイヤーベース》」をものした若い劇作家とはテオドール・バリエールのことである。

バルバラの辛辣なユーモアの矛先は、もう一人の友人にも向けられる。

リュクサンブール公園で出会ったマックスの友人、「断固たる過去の擁護者と自らを任じ」、「感情が欠如しているようで、慈悲深い性質がまるでなかった」と酷評されている人物、ド・ヴィリエのモデルは『女像柱《カリヤティッド》』（一八四三）、『鍾乳石《スタラクティフト》』（一八四六）の詩人で〈芸術のための芸術〉を高らかに歌う幸せの詩人、高踏派《パルナシアン》テオドール・ド・バンヴィル（一八二三―一八九一）の若き日の肖像である。古代ギリシャの彫刻美に傾倒し、古《いにしえ》の詩形の彫琢《ちょうたく》に余念なく、非情なまでの作詩の技巧家《メトリック》であった。

バンヴィルが貴族階級に生まれたことに対する仄《ほの》めかしから始まるこのくだりは一言でいえば古典的形式美への偏向と芸術至上主義に対するからかい半分の皮肉にほかならない。バンヴィルの芸術的信条と生活信条は重なり合って、後に展開するマックスとド・ヴィリエの激しい会話のやりとりに発展する。

ボードレールは次のようにいっている。「現代の芸術には本質的に悪魔的な傾向がある。……人間のそうした地獄的な部分、それを人間はわれとわが身に説明しては快を覚えるのだが、それは日に日に増大してゆく」（阿部良雄訳『ボードレール全集』Ⅱ巻より）。証券仲買人の殺害によって悪と良心の検証を行ったクレマンは無論この「地獄的な」役割を全身全霊をもって引き受けた。またマックスは終始クレマンから離れず、ド・ヴィリエの非難に対してあれほどクレマンを弁護する以上、バルバラ（＝マックス）もまた、神に対するクレマンの懐疑的思考に共感するものをもっていたはずである。いや、むしろクレマンは、幾分かはバルバラの精神的分身だったであろう。だが、〈芸術のための芸術〉の信奉者、「断固たる過去の擁護者」はこうした「血の沼」「泥の深淵」に身をかがめて人間の不幸を共有しはしない。彼にとって芸術的誠実とは、ひとえに豊かな韻を作ることによって楽園に回帰すること、人間が幸せだと感じる「抒情的な《リリック》」世界を創造することであった。こうした純粋芸術の信条は現実生活において情容赦ないクレマンへの糾弾と現代的なるものの否定、さらには〈真実の探求〉と〈誠実さ〉を旗印に掲げるバルバラをも含めた当時のレアリストたち、放浪芸術家《ボエーム》の仲間の否認となって現れる。「彼は僕にとっちゃ衝撃的な現代性の一つの典型なのだ。わざわざ他の例を探さなくても、彼の中には、悪徳と偏見と懐疑的態度と無知と、あの放浪芸術家《ボエーム》の精神とがまぎれもなく現実に凝縮され要約されているといっていいだろう」

バルバラの友人は作品中にまだ登場する。彼はクレマンが催した音楽の夕べに「一人の詩人」を登場させて次のように高く評価している。「この詩人は、疑いなく、非常に困難な思索に分け入る天賦の才能をもち、しかもその才能は、暖かみもあり、色彩にも富み、本質的に独創的で人間味のある、ゆるぎない詩魂《ポエジー》を排除することがなかった」。この「詩人」とはとりも直さず『悪の華』（一八五七）の詩人、ボードレール（一八二一―一八六七）である。彼は原文の三ページ先で、クレマンの妻ロザリの記念帳《アルバム》に自らの無題の十四行詩《ソネ》「今宵何を語ろうとするのか」を書き記すが、これに署名はない。実はこの詩は、ボードレールがサバチエ夫人宛に無署名の手紙（一八五四年二月十六日付）とともに送ったもので、この小説に初めて借用された一八五五年一月十五日時点では、まだ詩人の手では発表されていなかった。詩人自らが公にしたのは一八五七年、『悪の華』初版の中に挿入されたときが最初である。二人の友人関係から考えるに、おそらく詩人はバルバラを全面的に信頼してこの詩を友人に託したものと考えられる。

小説の大筋とこの十四行詩《ソネ》との間に直接的な関係があるとは思われない。しかし、詩人に対する留保のない高い評価は二人の友人の密接な関係を思わせる。これについては詳しくは後の諸項やその他の拙稿を参照していただくとし、ここでは当時まだ己の才能に確たる自信のなかった二人の真摯な青年が、感情の吐露と奔放な想像を事としたり、理想主義《イデアリズム》を掲げる従来の安易なロマン主義を否定して、ともに新しい文学の方向を模索していたこと、〈悪の検証〉〈良心の検証〉といった「困難な思索」の中で苦悩しながら、生身の人間として〈真実〉を探究していたこと、そしてこうした現代生活のなかの苦悩する魂の軌跡を作品に――一方は『悪の華』に、他方は『赤い橋の殺人』に――一つの論理的構築物として結晶させようと粉骨砕身の努力をしていたことを述べるに留めよう。

探偵小説の側面

『探偵小説』の著者、ボワロ＝ナルスジャックは、①謎の犯罪、②探偵、③捜査の三つをこのジャンルの基本的要件と規定している。『赤い橋の殺人《ボン＝ルージュ》』は、完璧ではないが、ほぼこの三つの要件を満たす謎解き小説であり、また、はっきりとした探偵小説の構造をもっている。つまり、初めに謎の事件を提示し、大団円で謎の解決を図る。そして解決に至るまでの各事件は緊密な論理によって組み立てられている。①は証券仲買人の溺死体とマックスの疑惑。②探偵はマックス。③捜査については、親友マックスは職業的探偵ではないがその立場を利用して知的関心と好奇心から謎を解くために終始、犯人のクレマンから離れず観察し疑問を提出する。ポーが描くデュパンのように積極的捜査はしないし、推理の披露もしない。だが観察によって生ずる疑問を読者に共有させるという、探偵が担うべき役割を果たしている。いっぽう、完全犯罪は探偵小説には欠かせない仕掛けである。現代の英米の推理小説に慣れ親しんだ読者にはこの作品は探偵小説とは考えにくいかもしれない。そんな向きには興味深いことに、この作品中にはいわば、純粋探偵小説の雛形が入れ子形式ではめ込まれている。音楽の夕べに予審判事が語る物語（11　奇妙な幕間劇）である。そこでは自殺と謎の犯人が問題になっており、予審判事は現場に足を運び、観察と物的手がかりに基づいた推論によって科学的な捜査を行なう。クレマンのケースとそっくりなこの顚末と、とりわけ来客の「首吊り人の家で綱の話は禁物」という発言はクレマンを狼狽と恐怖におとしいれ、その後、クレマンはマックスにすべてを告白するに至るのである。次の項に述べるように、この作品には異常な出来事もあり、あまりに人間的でしかも哲学的な色彩も非常に濃い。だからといって、この小説が探偵小説の特性を色濃くもっていることに変わりはない。

一八四〇年代に入って以降、アメリカの作家エドガー・アラン・ポーがフランスで紹介され、読者の眼にふれるようになるとともに、このジャンルは飛躍的な変化をとげ、一八五五年頃の作品には見事な推理があちこちにちりばめられる。だがその推理はどれも作品中の一挿話《エピソード》にすぎず、作品を通して一つの謎を初めから終わりまで一貫して解明するという、ポーが考え出した簡潔にして統一されたフィクションのテクニックを実現した探偵小説は存在しなかった。そんな中で唯一バルバラの作品のみは、一人の探偵に代わってマックスが初めから終わりまで一つの謎の解決のために犯人クレマンについて離れずに観察を続け、ついにクレマンの全き告白を受けるにいたる。探偵小説というジャンルがなかった時代に『赤い橋の殺人』が一貫した謎解きをもち完結した探偵小説（detective story）の構造をもつ作品として現れ、フランスのこのジャンルに新しい一ページを開いたことは歴史的に重要な意味をもつ。そしてこの作品には、現代フランス文学史上最初の探偵小説とされるエミール・ガボリオーの『ルルージュ事件』（一八六六）の中で発展していく、このジャンルの萌芽がいくつも見出されるのである。

暗黒小説《ロマン・ノワール》——恐怖と超自然

いっぽうこの小説は怖気《おぞけ》をふるうような悪徳と超自然性が読者の感性に苦痛を引き起こし、恐怖感を強く与える点で暗黒小説《ロマン・ノワール》、恐怖小説としても読むことができる。証券仲買人を毒殺する場面と死体遺棄の場面のリアリティに富んだ描写。クレマンは論理的にはいかなる誤りも犯さなかった。殺人の後始末においても完璧であった。にもかかわらず意識下の何者かが彼の論理思考に異議を唱える。人間の本性《ほんせい》とでもいったものが、表層意識に反抗して論理とは無関係に独り歩きを始める。夜、就寝中にロザリの眼前に現れるティヤールの幻、そして毒殺した男と瓜双つの息子の誕生。それに続く諸事件の超自然的な側面はさらに恐怖心を増幅する。

夢か現《うつつ》かわからない目覚め。真夜中の大火、熱に浮かされて壁のくぼみに見る青白い息子の顔、毎夜繰り返される息子による弾劾、死刑の判決。これらはすべて意識されない罪の感情から生まれる無意識の強迫観念、さらには無意識の後悔の現れと考えられる。新大陸で、少しは苦しみが緩和されると思ったのだろうか、贖罪行為にも似た犠牲的献身にもかかわらず、苦痛は和らぐどころか増大する。父性愛によって強く結びつけられた息子——後悔、良心の象徴である——は影のようにクレマンについて離れない。そして、クレマンが大洋の真ん中の荒れ果てた孤島で死に行く際の美しくも象徴的な幻覚による心象風景。

ところで、バルバラは超自然性に科学を結びつけている。さきほど述べたクレマンが見た夢か現か分からない息子の青白い顔、大火、夜な夜なの拷問は、心理的、生理的結果、つまり夢や、熱に冒された幻覚なのである。

僕は自分が殺人を犯した部屋を知らず知らずペンで描いているのにふと気づく。その下にこんな説明文を書く、《この部屋で僕は証券仲買人、ティヤール＝デュコルネを毒殺した》。そして署名する。こんな風にして熱に冒されたとき、僕はあなたに語ったことすべてをほとんど逐一日記に詳述した。

引用文は二十世紀に入ってシュル・レアリストのアンドレ・ブルトンが行なった自

動記述を思わせないだろうか。バルバラと同時代の作家で批評家のイポリット・バブーはいう。「バルバラにおいては、熱と才能は不可分である。熱は現実を否応なく幻想に変える」。『赤い橋の殺人』は非常に科学的、論理的であるが、同時に夢と狂気に支配された幻視者の果実でもある。

哲学的心理小説

この小説は悪徳と神、殺人と良心に関する形而上的問題が重要なテーマをなしている。当時、自然科学の飛躍的進歩とともに唯一絶対の神に対する懐疑思想が知的な若者の世界を風靡《ふうび》していた。キリスト教世界の唯一絶対の神とは、社会の秩序、法、宗教、道徳など、世界のすべてを支配し、その世界に生まれ落ちる人間はこの絶対唯一の一元論的世界の中で生きることを宿命とした。明晰な頭脳をもち、厳密な論理思考をもつ若者が懐疑思想を抱き自らの曖昧さに苛立ち、これに対して一刀両断に解決を与えたいと思ったであろうことは想像に難くない。

だが、神や良心といった物理的存在を超えた形而上学的な事柄に決着をつけることは、もとより人間の力の及ぶところではない。バルバラは、主人公クレマンに懐疑思想や自らの論理力を与えて、この困難な問題に取り組む。

クレマンは急進的無神論者で厳密な論理家で、勇猛果敢、知力にも実行力にも優れた若者である。クレマンの殺人の直接的動機は貧窮であるが、一方で「神が存在しなければすべてが許される」という当時社会に蔓延していた神に対する〈反抗〉の思想が、この哲学的作品の根本をなしている。

ティヤールの死体を赤い橋から落下させた時に、クレマンは自らの信じる思想を敢行できた優れた人間であることを確認する。彼はいささかの誤りも冒さずに計算どおりに自らの論理を成し遂げた。ところが、もはや不安を感じる必要がなくなっても、安堵、心の保証が得られるどころか、不安と恐怖がいや増す。数々の恐るべき心理現象と狂気の生理現象については前項で述べた。

バルバラは急進的無神論者の立場から神への〈反抗〉の理論を基礎にすえ、無意識の心理研究をその基礎に対する反論として、弁証法的に結論を引き出そうと試みたのである。だが新大陸から旧大陸に帰る船上でクレマンがしたためた覚書は殺人にだけ関した限定的なものである。そしてクレマンが思考の座標軸に据えたのは「神」ではなく「人間を含めた自然」であった。

「いや、人がなんと主張しようと、良心と呼ばれるものは単に教育の産物なのではない。悔悟も、苦しみも、永遠の自己犠牲も贖うことのできない罪、本質的に自然に背く罪、否応なく人間を人間の世界から排除する罪がある」

人間の自由意志で生きることを望んだクレマンは、過去の道徳や神を否定して新大陸に象徴される新しい世界で新しい生活を送ろうとするが、旧大陸への帰途、新大陸からも、旧大陸からもほぼ等距離にある無人の孤島で死ぬ。

クレマンの死をどう受け取るか。それとわかる悔悟もないし、回心もしない。神はいないと断言して生きてきたクレマンは、その信条を貫徹して生き抜くこともできなかった。解決はない。バルバラはクレマンにキリスト教的神の救済を徹底的に拒否させる。完全な拒否から出発した以上自分の法以外のいかなる法も拒否しなければならないからだ。厳しい結論であるが、崇高である。

ここには一般的モラルの解決もない。しかし、バルバラの一貫した拒否は現代に生きる我々に非常に親近感を抱かせる。むしろ共感というべきだろう。この拒否の姿勢は、前にも後にも何の支えもない自由意志によって自らを引き受けざるをえない、後に続くわれわれ現代の人間の登場を予告している。解決は読者に託されている。この作品に連なるものとして、『罪と罰』（一八六八）、『カラマーゾフの兄弟』（一八七九）がある。『罪と罰』は『赤い橋《ボン＝ルージュ》の殺人』に驚くべき類似性を持つ。ドストエフスキーが『赤い橋の殺人』を読んだ可能性はないとはいえない（これについては拙論をお読みいただきたい）[1]。現代フランス文学、ロシア文学を専門とし、作家でもあるシルヴィ・オレも中・高校生の教科書として単行本で出版した『赤い橋の殺人』（二〇一〇）の最後を締めくくるにあたって示唆するように、バルバラは反抗の哲学、自由意志の思潮に関して、確かに過去から現代に変わるターニング・ポイントであり、そこからドストエフスキーを経て、ニーチェ、アンドレ・マルロー、カミュ、サルトルへと続いて現代の我々に至るのである。曖昧さに苦しみながら、闇の中を手探りで探究する魂の軌跡であった。

---

1 Nori KAMEYA, "Dostoïevski, auteur de *Crime et Châtiment*, a-t-il lu *L'Assassinat du Pont-Rouge* de Charles Barbara?", *Revue de Littérature comparée*, Paris, (Didier) Klincksieck, vol. 37, no. 4, p. 505-512, Oct. 1993.

シャルル・バルバラ年譜

一八一七年
三月五日、ルイ・シャルル・バルバラ、オルレアンに生まれる。父はドイツ人でプロテスタント。オルレアンで弦楽器製造業を営む。母はオルレアン生まれ。四歳年上の兄はピアニスト、オルガニストで作曲家。六歳年下の弟はピアノ調律師となる。

一八二九年　一二歳
オルレアンの王立中学校から、ボードレールと同じパリのルイ・ル・グラン中学校に転校。理工科大学校《エコール・ポリテクニック》に入る準備をしていたが、エン県のナンチュア中学校で復習教師をした後にパリに戻って代議士ドルアン・ド・リュイ家で家庭教師の職を得る。

一八三六年　一九歳
パリ高等音楽院《コンセルヴァトワール》の対位法のクラスに入学。ヴァイオリンクラスの志願者リストに名前がある。

一八四一年　二四歳
暮れに、ミュルジェールの〈放浪芸術家《ボエーム》〉の仲間入りをする。

一八四二年　二五歳

ボードレール、この頃から〈放浪芸術家《ボエーム》〉のグループに足しげく出入りし、バルバラと文学上の親友となる。バルバラが哲学者、政論家のジャン・ヴァロン、写真家のナダールや自称レアリストの首領シャンフルリと出会ったのもこの頃である。

一八四四年　二七歳
短編「靴料理（美食の小話）」を発表してデビュー。

一八四六年　二九歳
短編「屑拾いの物語」発表。バルバラはこの頃ムッシュー・ル・プランス通り二番地に住む。「かつがれた新パリス王」、犯罪小説「ロマンゾフ」、「幻想的ロンド」、「カーテン」を発表。

一八四七年　三〇歳
この頃、バルバラもボードレールもアメリカ人作家エドガー・アラン・ポーの作品に出会い、ともに傾倒する。「マンチニールの陰――心理小説」発表。この年または翌年、窮乏のためパリを離れ故郷オルレアンへ帰る。

一八四八年　三一歳
二月革命。四月一日から七月一日、バルバラは株主を募り「民主主義者《ル・デモクラット》」紙を発刊。編集主幹はバルバラ。「人民の人民による教育」を主張する。バルバラはこの新聞に、パリの「平和民主主義《デモクラシー・パシフィック》」紙に掲載された、ポーの「黒猫」（イザベル・ムニエ訳）を再掲載。短編「カーテン」、その他いくつかの論評を載せる。六月、ポーの「黄金虫」(イザベル・ムニエ訳)が「ロワレ県新聞」紙上に転載される。

一八四九年　三二歳

三月、オルレアンに創刊された日刊新聞「憲法《コンスティテュシオン》」紙の文芸欄編集者に就任。パリ時代の〈放浪芸術家《ボエーム》〉の仲間たち、フェリックス・トゥルナッション(後のナダール)、シャンフルリの作品を掲載、再録する。ボードレールの「ラ・ファンファルロ」の掲載予告。ポーの「モルグ街の殺人」(イザベル・ムニエ訳)を転載。「ロマンゾフ」再録。この新聞には、パリ時代の友人たちの多くの作品を文芸欄に掲載。バルバラ自身は、劇、音楽、教育に関する評論を多く書く。

一八五〇年　三三歳

アルブワーズとジェラール・ド・ネルヴァル作、アレヴィ作曲、オペラコミック『モンテネグロの人々』を酷評する。その他、音楽評論を書き、パリの友人たちの作品を掲載。「火付け女」を発表。「憲法」紙を解雇され、一〇月、窮乏のためオルレアンを去ってパリに戻る。

一八五一年　三四歳

四月から四つの短編を「文芸家協会《ソシエテ・デ・ジャン・ド・レトル》」誌に発表。一二月、ナポレオン三世クーデタで議会を解散。

一八五二年　三五歳

「エロイーズ」を「文芸家協会」誌に

発表。この作品を大変高く評価したボードレールは、バルバラを「パリ《ルヴュ・》評論《ド・パリ》」誌の編集長マクシム・デュ・カンに紹介し、会いに行くように勧める。

一八五三年　三六歳

この冬は何度も病に冒されたが、さらに三月五日から一五日まで、天然痘でボージョン施療院に入院。ボードレールはシャンフルリから託された金銭を入院中のバルバラに届けにいく。「エレーヌC嬢……」「昔物語」「ある名前の苦悩」「蝶を飼う男」「千フラン札」発表。

一八五四年　三七歳

「双生児」「音楽のレッスン」「ある警察官の報告抄」発表。シャンフルリ、「ポーのような作家が数人いれば、恐るべき文学ができるだろうに。才能のあるバルバラは彼の弟子のひとりであるように思う」と書く。

一八五五年　三八歳

一月一日、一五日、最初の中編小説「赤い橋《ポン＝ルージュ》の殺人」を「パリ評論」誌に発表。「テレーズ・ルマジョール」を発表。七月、『赤い橋の殺人』を、ベルギーのブリュッセルで単行本として結論の異なったヴァージョンで出版。シャルル・アスリノーは『赤い橋の殺人』の哲学的側面を評価。バルベー・ドールヴィイは、バルバラの小説を後悔の心理学と賞讃。「街の女歌手」を発表。ボードレールがミシェル・レヴィ書店との仲介役をする。

一八五五年か五六年の初め

バルバラ、シャンフルリ等、音楽愛好家の集まりは、文学を優先するために、互いに良き友人のままだが、解散することになる。

一八五六年　三九歳

三月、ボードレールはポーの翻訳短編集『異常な物語集《イストワール・エクストラオルディネール》』をミシェル・レヴィ書店から出版。バルバラは五月、『異常な物語集』を模《かたど》ったかに思われる題名をもつ短編集『感動的な《イストワール・》物語集《エムヴァント》』（「双生児」「音楽のレッスン」「昔物語」「カーテン」「ある警察官の報告抄」「街の女歌手」「エロイーズ」「ある名前の苦悩」「千フラン札」を収録）を同じミシェル・レヴィ書店から出版。アスリノーは「彼は観察者で思索家である」と論評。当時の作家、詩人、批評家のシャルル・モンスレは『赤い橋の殺人』と『感動的な物語集』について「控え目で強烈な才能、孤独な生活」と論評。短編「聾唖者」を発表。

一八五七年　四〇歳

小説「マドレーヌ・ロラン」、小コント「狂人」、短編「ある名演奏家の生涯の素描」を発表。ボードレール、〈フロベール論〉の中で、『赤い橋の殺人』と「エロイーズ」の著者バルバラを「厳密かつ論理的で、知的な獲物に貪欲な魂」と高く評価する。

一八五八年　四一歳

「ウィティントン少佐」発表。世界最初のサイエンス・フィクションとされているジュール・ヴェルヌの『気球に乗って五週間』（一八六三）に先駆けるサイエンス・フィクション。『赤い橋の殺人』を戯曲化した五幕物のメロドラマ『赤い橋』がゲテ座で初演される。テオフィル・ゴーティエは、官報「世界報知《モニトゥール・ユニヴェルセル》」紙に批評を書く。一八五五年七月版『赤い橋の殺人』の「18　結末」の最後の十数行を書き改めてアシェット書店から出版。「イルマ」を発表。

一八五九年　四二歳

『波瀾万丈の人生』（「テレーズ・ルマジョール」と「マドレーヌ・ロラン」を収録）を出版。

一八六〇年　四三歳

『赤い橋の殺人』、アシェット書店からの第二版を出版。結末は再度書き改める。『私の精神病院《メ・プティト・メゾン》』（「ある名演奏家の生涯の素描」「ウィティントン少佐」「ロマンゾフ」「蝶を飼う男」「イルマ・ジルカン」「聾唖者」を収録）をアシェット書店から出版。

一八六一年　四四歳

バルバラは、高い教養をもつ女教師の娘、二一歳のマリ・エミリ・シェリと結婚。

一八六二年　四五歳

第一子ウジェーヌ・アントワーヌ誕生。

一八六三年　四六歳

「アリ・ザン」発表。

一八六四年　四七歳

『アリ・ザン』単行本としてアシェット書店から出版。このときバルバラはサント＝ブーヴに非常に控え目な献呈の手紙を添えて、新刊本を送る。「サント＝リュス嬢」を発表。第二子ピエール・ガブリエル誕生。

一八六五年　四八歳

「良心の問題」「アンヌ＝マリ」「調律師」を発表。「アンヌ＝マリ」の中には詩人、ジェラール・ド・ネルヴァルが首を吊った様子を思い起こさせる叙述がある。コレラがパリで猛威をふるう。

一八六六年　四九歳

「ナポレオン一世とルイ・デュポール（未完のエピソード）」を発表。「フランソワ・コティエ」「薬草売り」「作り話または真実」「再び薬草売り」を発表。シャンフルリ、バルバラについての評論、「不遇の物語作者」を「フィガロ」紙に掲載。バルバラ、「海兵隊士官」を発表。

九月、五日間の間に二歳にならない息子と妻とそして義母を次々とコレラで失う。三歳の息子と二人で残されたバルバラも高熱に冒され、「文芸家《ソシエテ・デ・ジャン・》協会《ド・レトル》」によってデュブワ市立病院へ運ばれる。九月一九日、病が癒えかけたとき、四階の窓から身を投げて自殺。バルバラはモンパルナスの墓地へ埋葬される。アルフォンス・ドーデ、南仏からバルバラの死を悼んで追悼文とともに「私の風車小屋より（第七便）」のタイトルで、「黄金の脳味噌をもった男の物語」を「レヴェヌマン」紙に投稿。「赤い橋の殺人」が「レヴェヌマン」紙に掲載される。『感動的な《イストワール・》物語集《エムヴァント》』再刊。

一八六八年
『サント・リュス嬢』『良心の問題』「アンヌ=マリ」「薬草売り」「調律師」「海兵隊士官」』刊行。

一八七八年
バルバラの亡骸はイヴリ墓地に移される。しかし墓地の契約期限切れのため、今日もはや存在しない。

一八八一年
『赤い橋の殺人』（一八五八年版のヴァージョン）、カルマン・レヴィ書店から再刊。『脱臼した人々』（『私の精神《メ・プティト・》病院《メゾン》』から「イルマ・ジルカン」を除いた作品を収録）、カルマン・レヴィ書店から出版。

訳者あとがき

一九八三年にニース大学で公開審査に合格した私の博士論文は、一部はフランス国立図書館に、もう一部はニース大学の図書館に収められ一般に公開されるようになった。あれから三十年以上が過ぎた。論文は二巻よりなり、第一巻はバルバラの「人と生涯」、そして重要な二作品、「赤い橋《ポン＝ルージュ》の殺人」と「ウィティントン少佐」の分析等の論文で、主に論考部分。第二巻はこの論考部分で取り上げた二作品に註と異文《ヴァリアント》をつけた「選集」と「資料」、つまり、発見した手書きの書簡を活字にして註をつけたもの、手書きの出生証明書、結婚証明書、死亡証明書等を活字にしたものである。私は論文を書く過程で、当初リュフ先生がおっしゃったとおり、シャルル・バルバラが不当に忘れ去られていることがよくわかった。そこで、その価値を一般の人に問うことが必要であると考え、この博士論文二巻をパリの出版社にもちこんだのである。だが、「赤い橋の殺人」を読んだその出版社の社長はバルバラのこの作品を出版したくない様子だった。私は「赤い橋の殺人」だけはここから出すのをやめた。その出版社から〈論考部分〉〈資料〉が刊行されたのが一九八六年、『ウィティントン少佐』が出たのは一九八五年であった。

この頃インターネットで（フランス語圏内でだが）Charles Barbaraを検索すると、出てくるのはたった二、三件で、おきまりの誤りに満ちた三、四行だけだった。

ある日、大学の学部時代からの親友がひょっとするとバルバラはブレイクしたのではないかという。気が付いたら博士論文の版元の近くにある出版社が、私の論文の「赤い橋の殺人」に関する論考部分から要点を取り、スパイスをきかせた表現で要領よく美しく書きまとめたとしか思えない文章に、自分の考察もいくらか加えた序文を付けて異なったヴァージョン（一八五五年七月、ブリュッセル版）を出版していた（これを一九八九年版と呼ぶこととする）。しかし、そこでは私の論文には全くふれられていない。文献リストも皆無である。序文の筆者は詩人、作家にして、文学的な香りのするラジオ娯楽番組のアンカー（総合司会者）を務め、特に忘れられた作家を世に出すことに秀でた人物だった。出版社や書店を複数持ち、フランスではよく知られている人物であった。

だが、この頃からフランスにおいてバルバラに対する認知が急速に拡がり始めたのは事実である。

やがて『赤い橋の殺人』は、リプリントがオンデマンドでたくさんの出版社から買えるようになり、電子書籍もインターネット上で多くの出版社から出され、世界中に拡がり始めた。

こうしたなかで一九九七年には、トゥールーズ市にある出版社オンブル社が誠実な註と文献リストのついた『赤い橋の殺人』を出版した。この本には、文献リストに、私の博士論文と一九八九年版、特に一九八九年版の「序文」が並べられているので、すぐにこの「序文」がニース大学に提出した私の論文に拠っていることがわかる。さらにこの論文の第二巻、「選集」と「資料」については詳細な註と異文《ヴァリアント》がついていることまでが記されている。結論部分に重要な違いが存在する『赤い橋の殺人』のヴァージョンの選択には、異文《ヴァリアント》が必要だったのである。オンブル社のこの本には残念なことに編者の名前はないが、なにはともあれ、この一冊はフランス文学界の懐の深さを感じさせる。

次第に、私の業績を明らかにするコメントや註を時にウェブ上で見かけるようにもなった。フランスは学問を護る精神と同時にまたフェアな精神も生きている国である。作品を全文、朗読したものもウェブ上でいく種類か出た。これはバルバラの文体の音楽性を考えれば当然であろう。

この頃だったろうか。プロジェクト・グーテンベルクが、私の博士論文に収録したのと同じヴァージョンの「赤い橋の殺人」をウェブ上に掲載し始めた。

またある日、Charles Barbaraをネット検索していると、バカロレア（大学入学資格試験）の試験問題に行き当たった。『風車小屋便り』の作者アルフォンス・ドーデがバルバラの死を悼んだ美しい追悼文とともに新聞に寄せた短編がバカロレアの試験問題として出題されていた。それはバルバラを主人公にした「黄金の脳味噌をもった男の物語」（『風車小屋便り』所収）であった。若い柔軟な頭脳にシャルル・バルバラの名前が刻まれたのである（二〇〇六）。

その頃には、バルバラをウィキペディアでひくと、かなり詳しい情報が収録され、冒頭の生年月日の註にはそれまでのすべての書籍が誤記していた一八二二年の生年を一八一七年だと正したのはNori Kameyaであると明記された。文献リストとも併せて、そのウィキペディアの基本情報が私の研究に拠っていることがわかる。

おそらくはこの頃からであったろうか。Charles Barbaraの検索数が飛躍的に増えた。やがてフランス国立図書館も私が博士論文で取り上げた一八五八年のヴァージョンをウェブ上に掲載するようになった（二〇〇七）。

二〇一〇年にはスペイン語の翻訳が単行本として出版され、その三ヶ月後には、フランスの超エリート校であるグランド・ゼコールの入学試験準備コースを担当するシルヴィ・オレ教授が教科書として単行本『赤い橋の殺人』をマニャール社から出版した。研究書としては、私の博士論文を筆頭に、指導教授マルセル・A・リュフの名著『悪の精神とボードレールの美学』や、探偵小説の基礎研究と仰がれる大著、レジ・メサックによる『探偵小説』などが並べられていることが感動的であった。

バルバラの作品の将来が見えてくると、英訳の『赤い橋の殺人』（*Red Bridge Murder*）がアメリカのキンドル版電子書籍で読めるようになった。外国でこれだけ拡がったものを日本人にも読んで欲しいと思うのは、ごく自然な欲求であろう。こうして今日なかなか困難な状況にある翻訳出版に漕ぎつけたわけである。しかし、日本でシャルル・バルバラを検索すると、仏語圏、英語圏でのヒット数が膨大なのに比べてなんとその数の少ないことか。それは私が研究と雑事にまぎれて、三十年前にニース大学で発掘したバルバラの翻訳出版を怠ったからである。今後はわが国の読書愛好家のために次作の出版に向かって精進するつもりである。

今回の翻訳出版については、陰に陽に筆者を励まし教示を下さった慶應義塾大学元教授、高山晶氏に心からお礼を申し上げる。

また本書刊行の初期の担当者、光文社の堀内健史氏には、この刊行のきっかけを作って下さったことに深く感謝したい。

最後に、本邦初訳という難行にいろいろとお世話くださった光文社翻訳編集部編集長、駒井稔氏と、編集部の方々に紙面を借りてお礼を申し上げたい。

翻訳については、光文社古典新訳文庫の方針によって、原語に忠実であるよりは読み易さに重点を置いた。そのためにバルバラの持ち味である力強さ、激しさがいく分まろやかになってしまっている。なお、本書の翻訳にあたっては、博士論文Nori Kameya, *Un Conteur méconnu : Louis Charles Barbara*, t.II, 〈Anthologie et Documents〉 avec notes et variantes, Nice, Université de Nice, 1983 (thèse) に収録した *L'Assassinat du Pont-Rouge*, Hachette, Paris, 1858を翻訳した。文学史の流れのなかで現代へのターニング・ポイントとして重要な役割を担う意味で、このヴァージョンにおいて現代性が最も顕著に表れているからである。

亀谷乃里

二〇一四年三月

本書には、登場人物の動作をハンチントン病特有の症状やチック症にたとえた記述、また「白痴」という、今日の観点からみると差別的である表現が含まれています。これらは本作が刊行された一九世紀当時（一八五五年、フランス）の時代背景と、古典作品としての歴史的・文学的な意味を尊重して、原文に忠実に翻訳したものです。差別の助長を意図するものではないことをご理解ください。

訳者・編集部

光文社古典新訳文庫

赤《あか》い橋《はし》の殺人《さつじん》

著者 バルバラ
訳者 亀谷乃里《かめやのり》

2014年5月20日 初版第1刷発行

発行者 駒井 稔
印刷 慶昌堂印刷
製本 ナショナル製本

発行所 株式会社光文社
〒112-8011東京都文京区音羽1-16-6
電話 03（5395）8162（編集部）
03（5395）8116（書籍販売部）
03（5395）8125（業務部）
www.kobunsha.com

ISBN978-4-334-75291-0 Printed in Japan

いま、息をしている言葉で、もういちど古典を

長い年月をかけて世界中で読み継がれてきたのが古典です。奥の深い味わいある作品ばかりがそろっており、この「古典の森」に分け入ることは人生のもっとも大きな喜びであることに異論のある人はいないはずです。しかしながら、こんなに豊饒で魅力に満ちた古典を、なぜわたしたちはこれほどまで疎んじてきたのでしょうか。

ひとつには古臭い教養主義からの逃走だったのかもしれません。真面目に文学や思想を論じることは、ある種の権威化であるという思いから、その呪縛から逃れるために、教養そのものを否定しすぎてしまったのではないでしょうか。

いま、時代は大きな転換期を迎えています。まれに見るスピードで歴史が動いていくのを多くの人々が実感していると思います。

こんな時わたしたちを支え、導いてくれるものが古典なのです。「いま、息をしている言葉で」——光文社の古典新訳文庫は、さまよえる現代人の心の奥底まで届くような言葉で、古典を現代に蘇らせることを意図して創刊されました。気取らず、自由に、心の赴くままに、気軽に手に取って楽しめる古典作品を、新訳という光のもとに読者に届けていくこと。それがこの文庫の使命だとわたしたちは考えています。

このシリーズについてのご意見、ご感想、ご要望をハガキ、手紙、メール等で翻訳編集部までお寄せください。今後の企画の参考にさせていただきます。
メール　info@kotensinyaku.jp

光文社古典新訳文庫　好評既刊

アドルフ

コンスタン
中村　佳子　訳

青年アドルフは伯爵の愛人エレノールに言い寄り彼女の心を勝ち取る。だが、エレノールが次第に重荷となり…。男女の葛藤を心理描写のみで描いたフランス恋愛小説の最高峰！

ひとさらい

シュペルヴィエル
永田　千奈　訳

貧しい親に捨てられたり放置された子供たちをさらい自らの「家族」を築くビグア大佐。だが、ある少女を新たに迎えて以来、彼の「親心」は、それとは別の感情とせめぎ合うようになり……。

消しゴム

ロブ＝グリエ
中条　省平　訳

奇妙な殺人事件の真相を探るべく馴染みのない街にやってきた捜査官ヴァラス。人々の曖昧な証言に翻弄され、事件は驚くべき結末に。文学界に衝撃を与えたヌーヴォー・ロマン代表作。

孤独な散歩者の夢想

ルソー
永田　千奈　訳

晩年、孤独を強いられたルソーが、日々の散歩のなかで浮かび上がる想念や印象をもとに、自らの生涯を省みながら自己との対話を綴った10の〝哲学エッセイ〟。（解説・中山元）

地底旅行

ヴェルヌ
高野　優　訳

謎の暗号文を苦心のすえ解読したリーデンブロック教授と甥の助手アクセル。二人はガイドのハンスとともに地球の中心へと旅に出る。そこで目にしたものは……。臨場感あふれる新訳。

光文社古典新訳文庫　好評既刊

夜間飛行	サン＝テグジュペリ　二木麻里 訳	夜間郵便飛行の黎明期、航空郵便事業の確立をめざす不屈の社長と、悪天候と格闘するパイロット。命がけで使命を全うしようとする者の孤高の姿と美しい風景を詩情豊かに描く。		
恐るべき子供たち	コクトー　中条省平　中条志穂 訳	十四歳のポールは、姉エリザベートと「ふたりだけの部屋」に住んでいる。ポールが憧れるダルジュロスとそっくりの少女アガートが登場し、子供たちの夢幻的な暮らしが始まる。		
グランド・ブルテーシュ奇譚	バルザック　宮下志朗 訳	妻の不貞に気づいた貴族の起こす猟奇的な事件を描いた表題作、黄金に取り憑かれた男の生涯を追う自伝的作品「ファチーノ・カーネ」など、バルザックの人間観察眼が光る短編集。		
肉体の悪魔	ラディゲ　中条省平 訳	パリの学校に通う十五歳の「僕」と十九歳の美しい人妻マルト。二人は年齢の差を超えて愛し合うが、マルトの妊娠が判明したことから、二人の愛は破滅の道を…。		
マダム・エドワルダ／目玉の話	バタイユ　中条省平 訳	私が出会った娼婦との戦慄に満ちた一夜の体験「マダム・エドワルダ」。球体への異様な嗜好を持つ少年と少女「目玉の話」。三島由紀夫が絶賛したエロチックな作品集。		

★続刊

マルテの手記　リルケ／松永美穂・訳

故郷を去り、パリで孤独と焦燥に満ちた生活を送る青年詩人マルテが、幼少の頃の記憶、生と死をめぐる考察、日々の感懐などの断片を書き連ねていく……。リルケ自身のパリでの体験をもとにした、沈思と退廃の美しさに満ちた長編小説。

ハックルベリー・フィンの冒険（上・下）　トウェイン／土屋京子・訳

親友トムとともに大金を手にしたハック。だが再び姿を現したろくでなし親父から逃れようと川に漕ぎ出たら、次から次へと事件に巻き込まれ、またとんでもない「大冒険」になっちまった！　大人から子供まで今も世界中で愛される不朽の名作。

ポールとヴィルジニー　ベルナルダン・ド・サン＝ピエール／鈴木雅生・訳

インド洋に浮かぶ絶海の孤島で、世間から逃れるように平和に暮らす二組の母子。純朴な子供たちは成長すると互いに愛し合うようになるが、運命の嵐は無情にも二人を引き裂き……かのナポレオンも愛読した、フランス文学史上最も切ない物語。